爱上两个你

袋袋 ◎ 著

北京出版集团
北京出版社

图书在版编目（CIP）数据

爱上两个你 / 袋袋著 . — 北京：北京出版社，
2024.5

ISBN 978-7-200-18409-9

Ⅰ. ①爱… Ⅱ . ①袋… Ⅲ . ①长篇小说—中国—当代
Ⅳ. ① I247.5

中国国家版本馆 CIP 数据核字（2024）第 000543 号

出版策划：知库文化　　　　　封面设计：顽瞳书衣
责任编辑：占　琴　陈业莹　　责任印制：张鹏冲

爱上两个你
AISHANG LIANG GE NI

袋　袋　著

出　版　北京出版集团
　　　　北京出版社
地　址　北京北三环中路 6 号
邮　编　100120
网　址　www.bph.com.cn
总发行　北京出版集团
经　销　新华书店
印　刷　三河市龙大印装有限公司
开　本　710 毫米 ×1000 毫米　1/16
印　张　17.5
字　数　235 千字
版印次　2024 年 5 月第 1 版第 1 次印刷
书　号　ISBN 978-7-200-18409-9
定　价　68.00 元

如有印装质量问题，由本社负责调换
质量监督电话　010-58572772　58572393

目 录 CONTENTS

伦敦初识

　　她叫米艾，今年二十一岁，因为大四这年的一次交换生机会远赴英国金史密斯学院求学，主修传媒专业。为了减轻家里的经济负担，她每个周末都会去伦敦市区的一家中餐厅打工。

　　又是一个美好的周六，米艾像往常一样推开中餐厅的玻璃门。流光旋转，在地上散开一圈又一圈细碎的晶莹。

　　"小艾，怎么又来得这么早呀？你平时上课就够累的了，周末多睡一会儿呗。"一位卷发女士亲切地向她打着招呼。

　　她就是这家店的老板，叫秦淮，是一位华侨，在英国生活了二十年，听店里其他人说，她的丈夫已经去世二十年了，她一直独自在这里经营着这家中餐厅。

　　说来也怪，那天米艾来应聘，秦淮看到她的第一眼就想到了年轻时候的自己，于是毫不犹豫地把她招进了店里。除了正常的薪水之外，秦淮还经常送她礼物。秦淮很喜欢女孩却生了个儿子，简直把米艾当亲女儿一样对待。米艾也特别喜欢这个和蔼可亲的阿姨。在异国他乡，同是中国人本就有种天然的亲近感。

　　秦淮看着有些消瘦的米艾，心疼不已："小艾呀，最近是不是课程太累了？

如果太辛苦的话不用每个周末都来的，薪水我会照样付给你。"

"没事的淮姨，课程不算辛苦，我喜欢每个周末来这里呢，每次看到您就觉得特别放松，"米艾边说边卷起袖子展示自己手臂的肌肉，"您看，我多强壮！餐厅里的盘子们还等着我去端呢！"

秦淮无奈又宠溺地摇摇头，帮她把袖子放下来："看你这小胳膊瘦的呀，今天中午我给你加餐。来，趁现在客人都还没来，先把这杯牛奶喝了。"

"好，谢谢淮姨。"

吱呀——

话音刚落，就听见门被推开的声音。

米艾怎么也想不到，在这个看似与往常别无二致的周末，就在此刻，自己的人生被命运拉向了一个未知的旋涡……

"Serve as usual, be quick."（按老样子上菜，快点。）

米艾顺着声音望去，门口走进来一个身穿纯黑色皮衣的戴墨镜的潮男。男子顶着一头耀眼的金发，身边还跟着两个彪形大汉，看样子像是保镖。

出门带着保镖，这男生应该来头不小吧……

晃神的瞬间，男生已经走到了米艾的面前，斜睨着她道："You're in my way."（你挡到我的路了。）

"The rood is wide, won't you take the other side?"（路那么宽，你不会走另一边吗？）米艾也不甘示弱。

那男生似乎受到了冒犯，墨镜下的眼睛直直地看向她，扔下一句冷冰冰的话："Bad manners."（没礼貌。）

"You're mistaken. The man who has bad manners is not me, but you."（这位先生，我想你应该是弄错了吧，没礼貌的可不是我，是你自己。）米艾以为他是蓄意闹事的，于是在言语上与他针锋相对。

秦淮见状，赶紧拉过米艾，催促她去后厨端菜。

米艾转身走向后厨，男生看着那个愤愤然的背影，唇角隐隐勾起一抹浅笑。

不一会儿，墨镜男生的对面坐着一位金发碧眼的外国大叔。米艾保持着专业的态度，露出一个标志性的笑容，将两盘烤鸭分别放到两人面前。外国大叔看到色香味俱全的烤鸭，急忙拿起刀叉准备享用。

"用刀叉吃烤鸭，还真是毫无常识。"米艾没留神，竟将心里腹诽的话给说了出来。

她本有些慌乱，担心自己的不当言语会引来顾客投诉。但转念一想，自己刚才说的是中文，外国人应该听不懂。米艾思量着，假装拿起抹布去擦拭其他的桌子，同时听着那桌的动向。

外国大叔疑惑地向对面的男生询问："Hey, what did she say?"（嘿，那个女孩刚才说什么？）

男生轻笑，向外国大叔解释："She just said you look so handsome."（她夸你长得很帅。）

"Really?"（真的吗？）外国大叔似乎很激动。

墨镜男生点点头，表示肯定。

外国大叔难掩喜悦之情，连忙朝米艾挥手，示意她过来。米艾神色一凛，忐忑不安地走向他们。外国大叔笑容满面地拿出钱包，给了她厚厚一沓小费。

米艾有些讶异，这些钱够她吃一个月的比萨了。

她弯腰鞠了两躬，一来感谢外国大叔的小费，二来感谢墨镜男生替她圆场。与此同时，她也弄清楚了一点：这个墨镜男生听得懂中文。

米艾转身离开的时候，墨镜男生开始用英文向那位外国大叔讲解烤鸭的正宗吃法：将片好的鸭皮蘸少许白糖，鸭肉蘸少许甜面酱，卷入薄饼中，并佐以葱丝、黄瓜丝、山楂条等配料，卷成长条状食用。老外听了，直呼受教了，并冲墨镜男生连连竖大拇指。

他居然真的纠正了外国大叔，那一刻米艾的心里忽然有股暖意升起。

但这种感觉没持续多久，米艾就被秦淮拉到了一旁，径直上了二楼。秦淮推开最里面的房间门，把米艾拉了进去。

米艾有些惊讶，这里是老板的私人空间，平常从不带员工来。

看出米艾的疑惑，秦淮低声开口："小艾，刚才那个看起来没什么礼貌的男孩叫周洛，是我儿子，我替他向你道歉。"

米艾有些愣怔。

秦淮轻轻叹了口气，"其实他本质上是个好孩子，尤其是小时候，阳光开朗，善解人意。但他五岁那年，他父亲去世了。这给他造成了很大的打击……从那之后，他性情大变，整个人飞扬跋扈，桀骜不驯，也不愿与我亲近，不喜欢和我说话。今天其实是他的生日，也是他父亲的忌日……这孩子从五岁之后就再也没过过生日，我知道他心里不好受，有怨气……所以刚才他态度不好并不是因为你，米艾你千万别往心里去啊。"

米艾说不出一句话，只是静静地看着秦淮，第一次看着她流露出无助的表情，眼底尽是汹涌的悲伤。

"还有，他之所以一直戴着墨镜，不是没礼貌，也不是不尊重人，是因为担心被那些记者们认出来。因为他的职业是艺人，经常有记者跟着，为了躲掉那些不必要的麻烦，索性就一直戴着墨镜。而且为了杜绝隐患，他一直对外宣称自己是孤儿，这样我的店才可以正常营业。"

秦淮的解释使米艾豁然开朗，一开始米艾还以为他耍酷呢。不过如果是艺人的话就都讲得通了，明星嘛，都害怕被人拍到些不想公开的照片，甚至被乱写一通。但米艾还是有点惊讶，一个中国人在国外当明星，这种情况确实少见。

"淮姨，您别太难过了。如果您放心的话，我可以帮您看店一天，您去祭奠已故的先生吧……"米艾握着秦淮的手劝说。

秦淮紧紧回握住米艾的手："好孩子，谢谢你……谢谢你这么善解人意……"

米艾看着秦淮眼里闪动的泪光，忽然觉得心头一软："淮姨您好好休息吧，我先去忙了。"可她刚走出去几步，就被身后的声音叫住了："小艾，我决定给所有员工放假一天，今天咱们闭店，正好你也好好休息休息，薪水我照常付给你。"

"可是淮姨，您——"

米艾刚想反驳就被秦淮轻轻捂住了嘴巴："听话，好孩子，快下班吧。伦敦难得晴天，你可以去街上逛逛。"

街角的邂逅

八月的伦敦，温度适宜，晴空万里。米艾听从了秦淮的建议，逛逛平时早已熟悉却无暇慢慢欣赏的伦敦街头。

嗡嗡嗡，嗡嗡嗡……手机忽然响了，她顺手接起，是好朋友胡菲打来的视频电话。

"米艾你这个没良心的，我不给你打电话你从来都不知道主动联系我！快说，是不是在国外找了个金发碧眼的帅哥，重色轻友了？！"

"天地良心，我米艾真的没有那个心思去考虑金发碧眼的帅哥，光是上课跟打工就已经透支我所有体力了。"

"那好吧，你现在干什么呢？我看你好像是在室外？"

"对，今天老板给我们放假一天，我出来逛逛。我来伦敦都快一年了，还没正式地享受过一个悠闲的白天呢……"

"哎呀，这不就有了。哎哎——米艾你把摄像头掉转一下，我想看看伦敦真实的街景！"

"好。"米艾依言将镜头调整为前摄模式。

胡菲跟随着米艾的视角欣赏着伦敦的景色，不时发出一阵又一阵惊呼："哇！红色的电话亭果然名不虚传！那些建筑物的风格都好古典，还有那个……好羡慕你啊米艾！哎？前面那个是不是特拉法加广场？"

米艾回答："对，前面就是特拉法加广场。"

胡菲继续惊呼："哇，好多鸽子！米艾你好幸福啊！你现在就像童话里的公主，被和平鸽包围了！"

随着胡菲的尖叫声，米艾驻足观看眼前的大型喷泉和纪念柱。

微风拂过，一只只鸽子低低掠过，在半空中划出一道道优美的弧线。朵朵白云慵懒地躺在蓝天的怀抱里，街头艺人们表演着有趣的小节目。阳光透过云层，穿过树丛，洒下一片片斑驳的光影。

米艾觉得心旷神怡，不由自主地跟随着鸽子的步伐，一步两步三步，低着头去踩脚下的石板。

由于太过投入，她根本没注意脚下的路，眼看就要撞上迎面的柱子，她的额头却先撞上了一个半是柔软半是坚硬的小型穹顶形物体。

米艾先是一愣，她的眼前出现了一双锃亮的黑皮靴。随着视线缓缓上移，她接连看到了纯黑色的皮裤、纯黑色的腰带，以及……那件纯黑色的皮衣。最后，当目光对上那副墨镜时，她终于确认，这个人就是今天在中餐厅遇到的那位！

她惊诧抬头，男生面无表情地伸长了手臂，掌心覆在她的额头上，将她与那根石柱隔绝开来。

原来是他使自己免于"一难"啊……

与此同时，一起看向墨镜男生的除了米艾的眼睛，还有她的手机摄像头。

胡菲开始激动："米艾！这个人是不是周洛啊？宝贝你遇到明星了！快！快去跟他合影！"

但下一秒，还没等米艾反应过来，男生就紧紧拉住她的手，一路狂奔。

"你要做什么？你放开我啊！"米艾试图挣脱。

"嘘。"男生回了一个字，然后拉着她越跑越快。

耳畔是呼啸而过的风，眼前是男生高大的背影。

也不知跑了多久，他们终于在一处偏僻的小巷子里停了下来。

"呼……呼……"米艾蹲坐在地上大口喘着粗气。

墨镜男生猛地俯身，冷冷质问："你刚才为什么大喊？我差点儿就被狗仔发现了。"

米艾急忙解释："我严正声明，刚才绝对不是我喊的。"

周洛依旧咄咄逼问："不是你，那是谁？"

"我对天发誓是我朋友喊的！她刚才和我视频聊天，不信你看。"米艾急忙拿起手机举到周洛面前，结果手机屏幕漆黑一片。

一直开着视频聊天，电耗得很快，在跑的过程中手机已经自动关机了。

"好了，别找理由了，"周洛倒是一副法外开恩的样子，缓缓摘下墨镜，"我理解你们年轻小姑娘，都喜欢追星嘛。在路上遇到了激动地喊一句也没什么，主动承认的话我是不会追究任何责任的。等等，你是不是刚才在中餐厅的那个服务员？"

"嗯，是我。"米艾悻悻地答应。

是福不是祸，是祸躲不过。冤有头债有主，既然刚刚在中餐厅把梁子结下了，那就勇敢面对吧。

"对了，我还欠你一句正式的感谢，谢谢你刚刚替我在那位外国友人面前解了围。"

米艾大大方方的一句感谢，倒是让周洛觉得有些不知所措。

他直起身，刚才那副咄咄逼人的傲娇模样不见了，他不好意思地抓了抓头发转移话题："对了，你是留学生吧，我看你年纪也不大。"

米艾点头。

周洛追问："那你为什么不好好读书，跑出来打工？国外的环境可不像国内那么安全，你一个小姑娘在外要保护好自己。"

米艾也从地上站起来说道："我知道，谢谢提醒。淮姨——也就是你妈妈，她是个很好的人，所以我在这里打工很安全。"

可是周洛却抓住了重点："你怎么知道那个中餐厅老板是我母亲？"

米艾急忙捂住嘴，可是为时已晚。她的手腕已被男生牢牢钳住，耳边传来他急切的追问："快说你是怎么知道的！"

"嘶……疼。"米艾没忍住，痛苦地低呼。

手腕上的力量小了一些，可男生的目光警惕又凌厉，声音严厉又不容迟疑："快说！"

"是淮姨告诉我的，"米艾急忙补充，"但请你放心，我嘴巴很严，绝对不会出去乱说的。你的孤儿人设我不会拆穿。况且淮姨平时对我那么好，她告诉我的秘密我就算烂在肚子里都不会泄露出去。"

周洛怔怔地松开了她的手腕："真没想到她会主动告诉你。抱歉，我刚才失态了……"

此刻，米艾的手腕已经红了一圈。

周洛默默从口袋里取出一瓶跌打损伤喷雾，拉过她的手腕，"呲呲呲"喷了几下。

米艾道谢后，却不觉心生疑惑：当明星很危险吗？为什么会随身携带跌打损伤喷雾？

而此刻，这个男生像换了个人，那副不可一世的面具仿佛褪去了。他眉眼低垂，深邃又明亮的双眸里，弥漫着无底的悲伤，与自己熟悉的秦淮十分相像。

米艾开始好奇，他们家到底经历了什么事情……

往事如囚笼

米艾小心翼翼地询问："周洛，谢谢你给我使用喷雾。我感觉好多了，但我有个问题想问你，你刚才情绪突然有些失控，没事吧？"

米艾生怕说错一个字又勾起他的忧伤。

周洛只是淡淡地回了一句"没事"。

米艾看着他怅然若失的表情，忽然心生恻隐，鬼使神差地走到他的身旁，慢慢伸出手，轻轻拍了拍他的后背，安慰道："虽然我不知道你是因为什么心情不好，但人生在世，有很多值得去珍惜的事情，你不要只纠结于自己失去的，也要时常看看已经拥有的……"

这句话，不轻不重的，恰似一片落叶降临到周洛的心里。

周洛默默侧身，将视线移向她，如阳光一般灿烂的笑容缓缓浮现在脸上。

那是米艾第一次看见他笑。

周洛移开了自己的视线，似乎与女生对视是一件十分需要勇气的事情。

他轻轻咳嗽了两声，半开玩笑地说："刚才是我救了你，你是不是忘了感谢我？"

米艾故意逗他："哦？你救了我吗？怎么救的？"

周洛流露出孩子气的一面，急着辩解道："当然！刚才要不是我及时捂住你的额头，你现在早就脑门儿开花了。"

"哦，你说得对。所以……谢谢你，谢谢你救了我。"

米艾仰起脸，冲他笑。那笑容并不算绝美，却在那一刻，惊艳了他的时光……

他就那样跟随着自己的内心，对她说："你陪陪我吧，就半天。"

见米艾愣住，他怕气氛太尴尬，又急忙补充道："我在伦敦生活了二十年，对这里很熟悉，可以当你的导游，免费的。"

米艾点头同意。

周洛重新戴上了墨镜和口罩，可依旧难掩脸上的笑意。

米艾心下疑惑，眼前的周洛，和刚刚在餐厅里判若两人。

此刻的周洛却像什么都没发生过一样，悠然自得地给米艾解说："一提起伦敦，大家首先想到的是'雾都'，再有就是'古典'和'优雅'。"

米艾不由得点头。

周洛继续说道："但是，住得久了就会发现，这里也隐藏着很多烟火气息浓厚的地方。比方说各色的集市，那里有很多好玩的、好吃的。"

米艾抬头望着周洛，听着他认真的讲解。忽然间，她就笑了。

生活，真是太奇妙了。不经意间，你就走向了一段未知的旅程。

周洛继续沉浸在自己的思绪里："伦敦非常适合漫步，这儿的每一个街区都像是一张唯美的图片，每一条街道都坐落着精致的建筑。就像现在，走过这个转角，你就会收获一场意外的惊喜。"

米艾惊诧道，"嗯？惊喜？在哪里？"

顺着周洛手指的方向，米艾望向面前的小店。白色的墙壁上爬满了翠绿的青藤，一朵朵黄色的小花点缀其中。从门口望进去，一眼就会看见店里的冰箱里陈列着各色的冰淇淋。

米艾不禁惊呼："哇！还真是惊喜！"

周洛见状轻笑，心里暗忖，女孩子还真是逃不过甜品的诱惑。他走进了小店，过了一会儿，手上拿了一个大盒子出来了，盒子里装着好几个不同口味的冰淇淋，小巧又精致。

"不知道你喜欢什么口味的，就每种都买了一个。"周洛用很平淡的语气说着这句话。他不知道，那一刻他手上的冰淇淋就像夜晚的星星，点亮了米艾的心房。周洛看她没接，便又找理由解释，"这冰淇淋你也不算白吃，就当……就当是替我妈给员工的奖励了。"不得不说，这理由确实让人无法拒绝。

米艾笑着接过那装了各种口味的满满一大盒冰淇淋，拿出一个轻轻咬了一口，抹茶的清香瞬间在唇齿之间蔓延，整个人顿时心旷神怡。

此刻的米艾忽然想起来，今天是周洛的生日！应该给他买个礼物才对啊！

米艾假装要去洗手间，把满满一大盒冰淇淋又放回周洛的手上。她悄悄找了一家蛋糕店，买了一个她经济能力承受范围之内的小蛋糕，单手拎着，偷偷藏在背后。

周洛还在原地等着。他坐在长长的躺椅的一角，冰淇淋盒放在身侧，阳光斑驳地洒下，在他的周身绽开一圈又一圈光晕。

米艾悄悄走到他身旁，趁他不注意轻声在他耳边说："祝你生日快乐。"

周洛扭过头，目光与她对视，那一瞬间，米艾发现那眸子里有那么多复杂的情绪。

那一刻，米艾忽然意识到自己做错了事，忽然想起淮姨说过，他从来不过生日的……

她收起蛋糕，愧疚地说："对不起啊，我忘记今天是你爸爸的……"

"忌日"这两个字她没有说出口，但他们俩都心知肚明。

"没关系，"周洛停顿了许久，才终于开口，"反正在我心中，他早就不是我爸爸了……"

米艾惊讶不已："为什么这么说，是发生了什么事吗？"

周洛淡然地说："来，把蛋糕给我吧，既然买了就不要浪费。"

周洛温柔却坚定地从米艾手上接过蛋糕，拆开盒子，说道："谢谢你啊，米艾。"

米艾讶异，"你怎么知道我的名字？"

周洛笑着回她："今天听我妈叫你，就记住了。"

在他拼命假装开心的声音里，分明透出苦涩的滋味。

米艾心里清楚周洛为什么失落，父亲的忌日和自己的生日在同一天，这样的悲喜交加，阴阳两隔，他从五岁就开始承受了……命运通常就是如此有戏剧性，如同潘多拉的盒子，在打开之前，你永远不知道下一秒会经历什么。

他们俩并肩坐在长椅上，一时沉默。

米艾正在思索着该如何打破这令人尴尬的无言，没想到周洛先她一步开了口："现在只有蜡烛没有火柴，许的愿望是不是实现不了……"

米艾瞬间想到了方法："来，把蛋糕给我。"

女孩拿出蜡烛，正准备往蛋糕上插的时候忽然意识到一个问题，然后抬起头问他："你多大了？"

他用右手比了个2，左手比了个4。米艾会意了，原来今年是他的本命年。

她数了数蜡烛，发现数量不够，于是急中生智："不如我们就只插一根好了，一心一意许一个愿望，就一定会实现！"说完她插好蜡烛，捧起蛋糕，对着太阳所在的方向，将那唯一的一根蜡烛朝向阳光。这样错位的角度，刚好可以看到蜡烛上方有一团小小的光亮，那是来自太阳的光芒。

"周洛，快许愿，今年你的愿望有太阳加持，一定可以实现！"女孩的催促使他有了一瞬间的恍惚，时隔近二十年，他居然又过了生日，还是跟一个素昧平生的女孩一起……他缓缓闭眼，双手合十，在心底郑重地许下愿望。

其实，虽然他从来不过生日，但每年的这一天他都会默默许下一个愿望，那个愿望每年都一样——替父报仇。

许愿结束，周洛看向旁边的米艾，脸上的落寞无处躲藏："你刚才不是问我发生了什么事吗，我现在告诉你。我父亲生前是一名缉毒警察……"

米艾的心里没来由地咯噔了一下。周洛仿佛沉浸在自己的世界里，眼神望向远方，似乎透过眼前看到了过往的岁月："这项工作很危险，很危险……我妈劝过他很多次，不要去执行卧底任务，可他还是去了。"

周洛的瞳孔里仿佛有无尽的血色，他的身体也开始不停地颤抖。

坐在身旁的米艾看在眼里，疼在心里。

周洛继续说："后来，他的卧底身份暴露了，那些人给他注射了大量的安非他命，这使得他可以一直保持清醒。然后，他们敲碎了他的肋骨，锯断了他的双腿，割掉了他的舌头，捣碎了他的眼球，砍掉了他的手指……"

米艾睁大眼睛，不敢相信自己听到的这些是真实发生过的。

"整个过程，持续了四十五个小时，他就那样一直清醒着，直到死去。"周洛平静地陈述着，但眼底的血色却越发鲜明。

米艾的身体在发抖。从周洛的口述中，她甚至可以想象到那些可怕的画面……那些人简直惨无人道，丧尽天良。

"他死了，不能立碑，因为不能暴露家人的信息，否则我和我妈也会被报复、被杀害。连我爸爸的那条警犬，死后都有一块墓碑，可是他……"说到这里，周洛哽咽了，"他却什么都没有……我妈当时哭得昏死过去，后来又吞了大量安眠药试图自杀。要不是那天我放学回家早，及时发现并叫了救护车，把我妈送医院抢救，我现在就真的变成孤儿了……"

周洛停顿了几秒，又继续说道："所以，我恨他们。我恨我爸，为什么要那样做？难道忠勇信义比生命还重要吗？我也恨我妈，为什么当时要选择自杀？如果她也死了，那我怎么办？她难道从来就没有为我考虑过吗！"

周洛将紧握的拳头重重捶在了椅子上，眼神里迸射出猩红的火光，骇人心魄。

米艾心疼地看着他的拳头，却见拳头上有点点血迹，她忍不住惊呼："你流血了！"

她急忙去包里翻找，创可贴呢？怎么没有啊！情急之下，她解开了自己的发带，轻轻拉过周洛的手，把发带缠在他的手上。

周洛艰难地从嘴里吐出三个字："我没事。"

可那一刻，作为艺人的他，演技真的差到了极点。明明他就是有事，却非要说自己没事；明明就是很伤心，却硬要装作云淡风轻。

米艾小声地建议："要不现在回家休息吧。"

周洛摇了摇头，轻声拒绝了："没关系，身边有个人，我心里还好受一点儿。对了，你手机不是没电了吗，我这里有移动电源。"

米艾默默接过来，低头摆弄着数据线，眼泪却忍不住流下来。

难怪周洛刚刚在餐厅的时候说话那么冷漠，难怪淮姨的眼睛里会涌起那么大的悲伤，原来这一切都是因为他的父亲——一名甘愿牺牲生命的伟大的缉毒警察。

"周洛！周洛！"

就在周洛差点儿发现她哭了的时候，不远处忽然传来一阵呼喊。

周洛顺着声音的方向望去："蕊姐，你怎么来了？"

"我怎么来了？你还把我这个经纪人放在眼里吗？啊？"肖蕊气不打一处来，"我大半天不见你的踪影，你说要和杰森先生吃饭，这都三个小时了，饭应该早就吃完了吧？你竟然背着我偷偷溜出来闲逛！"

蕊姐喋喋不休说了一堆，忽然把目光转向米艾："这位小姐是？"

周洛转头看向正在吃蛋糕的米艾，缓缓回答："米艾，我朋友。"

肖蕊狐疑地打量着米艾："朋友？好，只要不是女朋友就行。"

"咳，咳咳咳咳咳……"米艾本想用吃蛋糕来降低自己的存在感，结果被呛到，咳得脸都红了。周洛轻拍着她的脊背，咳嗽才缓解了一些。

这一幕，肖蕊看在眼里，愁在心里，这小子怕不是要恋爱了吧？现在可是事业上升期，不能分心。于是她急忙阻拦："时间不早了，周洛你该跟我回去了，今晚还有通告。"

周洛缓缓起身，很抱歉地对米艾说："不好意思，只能你自己回去了。"

米艾急忙摆手："没关系，没关系，通告比较重要，你赶快去忙吧。"

肖蕊紧接着说："米艾小姐，那我们就先告辞了。"

米艾点点头，看着他们远去的背影，心底忽然像压了一块大石头，闷得透不过气来……

命运的齿轮开始转动

"喂！周洛，你走慢点儿！"肖蕊大喊。

周洛走得飞快，大长腿的优势自然不必多言，身后的经纪人差点儿就跟不上了。

周洛边走边说："蕊姐，你不是说有通告要赶吗？我当然得走快一点儿。"

"你成心气我是不是？"经纪人一边拉住他一边打开保姆车的门，"上车。"

周洛像沉浸在自己封闭的世界里，兀自望着窗外，脸上没有一丝表情。

肖蕊心里默默感慨：唉，这孩子最近精神状态又不好了……

想到这里，肖蕊急忙拿起手机，给一个号码发去了一条信息："医生，明天我会带周洛去您那里复诊，麻烦您安排一下时间，谢谢。"

此刻的米艾独自坐在街角的长椅上，看着只有一根蜡烛的蛋糕，想了想还是把它仔细打包好，准备带回宿舍继续吃。

但不知怎么的，看着眼前色香味俱全的蛋糕，脑海中浮现的却都是周洛悲伤的神情。

也不知道他的伤口还疼不疼……

就这样，米艾心事重重地提着蛋糕盒子往回走。

刚才的移动电源只给手机充进去一点点电，她不敢开视频，只好给胡菲发了一条消息，报个平安。"菲菲，我刚才手机没电了，现在只充了一点儿，不够用，等我回学校再跟你继续视频聊天吧。"

胡菲很快回复："你可吓死我了，没事就好，等你回学校了记得打给我啊！"

虽然此刻手机的电量不足以支持导航，但米艾却丝毫不慌。因为她有着超强的记忆力，只要是走过一遍的路，她都会清晰地记在脑子里，并能准确无误地按原路返回。

胡菲平时最喜欢拉米艾出去逛街，只要有米艾在，她从来都不用担心路线的问题，用她的话说就是：米艾简直就是活地图。

******

保姆车稳稳停在路边。

肖蕊带周洛走进当地一家很有名的米其林餐厅，包厢里早有人等候。

肖蕊推开包厢门，满脸堆笑地说："陆总您好，这就是之前跟您提过的，我们公司的艺人周洛！"

西装笔挺的男人缓缓起身，向周洛伸出了右手："你好，我是陆谨言。"

这位陆总身上透出一种与生俱来的疏离感，漆黑狭长的眼眸如暗夜般深沉。

周洛同样伸出右手说道："你好，我是周洛。"在大家期待的目光中，两个人的右手握到了一起。

肖蕊此时招呼道："大家快坐吧，边吃边谈！"

后来周洛才明白，原来这次所谓的"通告"是蕊姐给自己安排的回国发展计划。他与老东家的合约到期了，肖蕊就给他接洽了国内最知名的 HD 娱乐公司。而这位陆谨言，正是 HD 的创始人兼总裁。

肖蕊率先举杯："陆总豪爽，那就祝我们合作愉快！周洛下周回国后，还得靠您多多关照啊。"

陆谨言同样举杯："那是自然。"

高脚杯碰撞到一起，葡萄紫混着珊瑚红，带着馥郁香气的酒沿着杯壁高高地扬起，又重重地落下。

从这一刻开始，未知的命运齿轮，缓缓转动……

******

此刻的米艾气喘吁吁地走到校门口，有些体力不支，只得在门口的长椅上坐着休息，想等休息好了再回宿舍。谁知，天公不作美，原本晴朗的天气在这一刻突然下雨了。

她急忙把蛋糕抱在怀里，用自己的身体挡住落下的雨滴。下一秒，头顶的雨却忽然停了。她疑惑地抬起头，映入眼帘的是头顶的一把大伞和一张灿烂的笑脸。

"嘿！你也是留学生吗？女孩子出门怎么能不带伞呢！不精致！"靳星自来熟地吐槽。

米艾略显尴尬地抽动着嘴角，挤出一丝笑容。

靳星接着调侃："哎呀，笑得可丑啦。快说，你住哪个宿舍，我送你回去！"

米艾回答："28 号宿舍楼，谢谢。"

男孩子一把拉起米艾，毫不避嫌地搂住她的肩膀。

米艾急忙推开："同学，你、你这样不太好吧？"

靳星愣了一下，随即稍稍拉开一些安全距离，道："同学别担心，第一你根本就不是我的菜，第二我只是出于好心怕你被淋到，想太多对谁都不好。"

米艾被他的直率震惊到了，半晌没想出来该如何回话。

靳星却像什么都没发生一样说道："哎呀，别愣神儿啦，雨越下越大了，赶快走！"

米艾急忙跟上他的步伐，两人就这样一路小跑着回了宿舍。

抵达宿舍楼的时候，靳星的左半边衣服已经全部湿透了。

米艾一时间不知道该说什么："对不起啊，谢谢你啊。"

"你这是要干什么啊？"靳星笑道，"一会儿道歉一会儿道谢的！"

米艾向他鞠了一躬道："总之就是很感谢你。"

靳星对她如此小心翼翼藏在怀里的蛋糕很好奇，问道："你今天过生日吗？"

米艾摇头："不是我过生日，是别人。"

靳星恍然大悟："哦，懂了，难怪把蛋糕捂在怀里如此小心地保护，一定是男朋友过生日对不对？"

米艾急忙否认道："不是男朋友！"

"啧啧，你心里都已经对号入座了，就别否认啦，"靳星笑着转移话题，"对了，我叫靳星，是这里的留学生，今年就回国了。你呢？"

"我叫米艾，是交换生，还有三个月就回国了。"

"你也是今年回国？这么有缘啊！留个联系方式吧！我很开心认识你这个朋友！"

交换完联系方式，她回到宿舍放下蛋糕就瘫在了床上，其间还不忘把手机插上充电器。

嘟嘟嘟……嘟嘟嘟……

听到电话铃，米艾心想，不会是胡菲打来的电话吧，可拿起手机一看，竟然是妈妈。她滑开接听键，妈妈的声音就传了出来："小艾呀，等下妈妈给你介绍一位朋友啊！"

米艾惊讶地问："啊？什么朋友？"

"是妈妈单位同事的儿子！心理学专业的，今年刚毕业的海归高才生！长得可是一表人才！"

米艾大概知道妈妈要干什么了，急忙制止："母上大人，我还没毕业，您就这么着急就要给我介绍男朋友了吗？"

妈妈却有理有据地说："哎哟哟，你看看你这个孩子，就你机灵！妈妈又没说什么，这么优秀的男孩子很难得呀，你先认识一下嘛，等会儿我让他加你微信啊！"

"哎喂！妈——"

忙音响起，妈妈竟然没等她说完就挂断了电话。

叮——

手机弹出一条消息，是妈妈发来的："听话啊，不许不通过好友！"

米艾敲字回复："哦，知道了。"

然后她点开通讯录那一栏，果然有好友验证的消息。

通过好友后，对方秒发了一条消息："米艾你好，很抱歉这么冒昧地打扰你，两家妈妈都是好意，我们就配合一下吧。我没有其他意思，也不会去骚扰你的，请放心。"

米艾很意外，这哥们儿可以啊，挺有涵养的。

于是她赶紧回复："同是被妈妈支配的人，理解万岁！"

叮——

对方秒回："对了，我叫楚涵墨，惠存。"

米艾看着这三个字，不禁感慨，还真是人如其名啊，楚涵墨，怪不得说话这么有涵养。随后她敲字回复："米艾，惠存。"

手机再也没有弹出消息提示，米艾关掉手机，舒舒服服地躺上床准备睡觉。可脑海中却不知怎的想起了周洛对她说的那些可怕经历。思来想去，米艾一个翻身从床上弹起来，打开电脑，在搜索栏输入了"缉毒警察"四个字。

米艾回国

电脑里那一行行触目惊心的文字，比周洛告诉她的那些可怕经历，有过之而无不及。原来我们所谓的岁月静好，不过是有人替我们负重前行……

米艾长长地叹了一口气，自言自语："我很快就回国了，以后也不知道有没有机会再见到他……"

叮——

米艾一惊，怎么又有消息？她急忙看向手机屏幕，是一条短信，号码未知。

会是谁啊？她满是疑惑地点开短信，阅读起来："今天很抱歉把那么伤心的往事说给你听，也很抱歉中途离开，但愿不会影响你的心情。最后，谢谢你的发带。"

这些信息足够米艾确认，发短信的人就是周洛了。

一瞬间，她的心脏忽然怦怦乱跳，就像装了一台电动马达，拼命加速，呼吸也跟着变得急促。

米艾有个疑问，他是怎么知道自己的手机号码的？

叮——

就像猜透她的想法似的，周洛很快发过来第二条消息："别担心，号码是我妈给的，我发这条消息没别的意思，就是想谢谢你。你很善良，祝你一切顺利，以后有机会再见的话，我再好好请你吃一顿饭吧，作为对你的感谢。"

米艾在输入框里打了很多字，最终还是删掉了，只回了一个"好的"。

不知怎的，她的心里有一块地方，开始隐隐作痛。

她在回复框里打出这样一行字："谢谢你愿意把这些隐秘的心事与我分享，谢谢你在餐厅里帮我，以后有机会我一定会还你的人情。最后，你真的拥有一位特别伟大的父亲，不要在悲伤里逗留太久，请带上希冀，连同你爸爸的那份一起，好好生活。"

但她细细思索，还是把这些字全部删除，然后关机。世界一下子安静了。

米艾坐到书桌前，拿出日记本，在上面写道："2017年8月7日／地点：伦敦／天气：晴转雨转晴／今天，我意外遇到了一位很特别的男生，他叫周洛。他是一位明星歌手，今天是他的生日，我很幸运地成了与他共度生辰的人……"

自那天之后，日子似乎过得飞快。秋风起，秋叶落，米艾最后一门考试也结束了。

靳星问她："你什么时候回国呀？"

米艾回答："明天。"

靳星有些意外："这么着急啊？我本来打算跟你一起回呢。"

米艾赶紧安慰他："没事的，回国后还可以再约嘛，我就先走一步啦。"

靳星遗憾地告诉她："我明天还有事，不能去机场送你了，一路平安呀！"

翌日，飞机平稳地飞行在高高的苍穹中。

米艾刚好坐在靠窗的位置，在行程过半的时候，她看到了日出。

记得以前唯一看过的一次日出是在山顶，这次居然是在几千米的高空。

米艾忍不住拿出相机拍下了这珍贵的时刻，一点一点，她目睹了太阳升起的整个过程。倏然之间，心里的某个角落好像也跟着亮了起来。她忽然有种莫名的预感，好像真的有幸运在等着她。

下飞机，取了行李，米艾推着推车走到了接机大厅，四处张望却不见"母上大人"的踪影。米艾腹诽：不是说好要和爸爸一起来接我的吗？又骗人。唉，谁让我从小就独立呢，现在他们早就不担心我了。

匆匆掠过接机人群中一束束或焦急或期盼但又不属于她的目光，米艾无奈地摇摇头，加快了步伐。

忽然，有一只大手伸出来，紧紧地抓住了她的手臂，紧接着是一个好听的声音："米艾，欢迎回国。"

米艾看向这位不速之客，可无论她怎么努力，都想不起来这是哪位故人。

实在没办法，米艾只能如实问他："请问，我认识你吗？"

看着女孩警惕的目光，男生忽然轻笑道："抱歉让你受惊了，我就是你手机通讯录里的那个楚涵墨。"

如果美人的笑叫作"一笑倾城"，那么刚刚楚涵墨在笑的时候就是"一笑倾宇宙"了。细长的眉眼如春风般轻柔，嘴角微微扬起，就像传说中的千年雪狐，随时都可以将人的魂魄勾去。

楚涵墨看她出神的样子不禁发问："米艾，你是在想什么呢？这么入神。"

米艾瞬间回神："啊！那个……我、我就是在想、想一会儿去吃烤鸭怎么样？"

说完后，这整段垮掉的解释连她自己都觉得很突兀，很尴尬，很不合时宜。

可是他却看破不说破，顺着她的话接了下去："好啊，那我们就去吃烤鸭。"

楚涵墨很自然地接过她的行李和背包，慢慢走在她的前面。为了照顾女生，还特意减小了自己的步幅。

"伯母和伯父今天有急事要去处理，让我来接你。"楚涵墨边走边向她解释。

米艾点点头："这样啊，麻、麻烦你了。"

说完她自己在心里懊恼：米艾呀米艾，你怎么这么没出息，结巴什么呀？什么帅哥没见过，紧张什么呀？你可是连明星都见过的人！

　　明星……明星……

　　这个词语，就像极地的风雪，一瞬间将她脸上的笑容冰冻。那个清朗的男生，以后再也见不到了吧！本就是两条直线，交点过后，就再也不会有相遇的可能，只会越来越远。

　　想到这里，米艾忽然释怀地牵起嘴角，快步跟上楚涵墨的步伐。

　　嘟嘟嘟……嘟嘟嘟……

　　米艾接起电话道："喂，菲菲。"

　　"我的小艾艾！你终于回来啦！要不是我今天有考试，一定去接你！"

　　"没关系，你好好考试，我们晚上见。我还给你带了礼物呢。"

　　"真的太好啦！就冲你这句话，我也一定要考好！可是我这榆木脑袋，都比不上你十分之一，你看看你，一直名列前茅，交换生课程结束回来就可以提前半年拿到毕业证了，真是让人羡慕啊……"

　　米艾安慰道："菲菲，你要这样想，我先毕业的话，就可以找工作赚钱了，到时候我就可以养你了。"

　　胡菲惊呼："天哪！米艾你知道吗？你要是个男的，我现在、立刻、马上就嫁给你！！！"

　　米艾笑道："哈哈哈，好啦好啦，赶紧平复心情，等下还要考试呢！我在出机场，先不跟你说啦，拜拜！"

　　挂断电话，走出机场的那一刻，擦肩而过的一个女生的手机里正播放着一首歌。

　　米艾心下一凛：这声线怎么这么耳熟？怎么那么像记忆中的那个人……

又见故人颜

楚涵墨回头喊她："米艾，快跟上，别走散了。"

米艾回应："好，这就来！"

就这样，那熟悉的歌声渐渐消失。

"来，上车吧。"

只见一辆路虎停在那里，楚涵墨正在帮她把行李放进后备厢。米艾暗忖：现在的心理医生都这么有钱吗？还是他家里有矿？

楚涵墨合上后备厢，催促道："你怎么又发愣了？快上车。"

米艾急忙加快步伐跟上，楚涵墨细心地为她打开副驾驶的车门，还伸出手护住她的头顶，怕她不小心撞到脑袋。

米艾坐上副驾，楚涵墨俯身弯腰准备帮她系上安全带。米艾一下子瞪大了眼睛："不用不用！我自己来就可以！"随后便条件反射般地伸出双手去推他。

他愣了一下："那个，你的手……"

"啊？"米艾低头一看，她的双手正稳稳地贴在他的胸前，似乎还能隐隐感觉到胸肌的轮廓。

"啊！！！"她急忙收回了自己的"咸猪手"，"对不起对不起！我不是故意的！"

楚涵墨轻笑："没事，我们赶快出发吧。"

吃完烤鸭，和菲菲见了面，米艾回到了自己的家。

即便是回国第一天身体很疲惫，她还是打开本子写了一小段日记："2017年11月30日／地点：B城／天气：晴／今天是我回国的第一天，一直想念祖国的一花一草、一山一水，还有亲人和朋友，今天终于又见面了。今天是楚涵墨接的我。他似乎看起来是个很不错的人，虽然相亲对象这个头衔有些尴尬，但多个朋友也是很好的……"

后来她写累了，就昏昏沉沉睡了过去。梦里，她站在高高的山巅，抬头看见了耀眼的日光，却又在转头的一刻，望见了另一片天际的雪白月光……

这就是传说中的"日月同辉"吗？

次日起床已是上午十点。走到客厅发现爸爸妈妈早就出门了，冰箱门上是妈妈留的便利贴——

"小艾，爸爸妈妈看你还在睡，就没叫醒你，早餐在冰箱里，你拿出来放微波炉里热一热就能吃啦！今天是周末，妈妈给你转了一些钱，你出去逛一逛吧！祝我的宝贝周末愉快哟！"

米艾望着便利贴傻傻地笑。回家的感觉，真好啊！

可是，昨晚那个梦怎么会那么奇怪啊？太阳和月亮能够同时出现在一片天空里吗？她只知道落日和月牙可以同时挂在天边，可梦里分明是耀眼的太阳和皎洁的月亮啊……这个梦会有什么预兆吗？她使劲儿摇了摇头，试图把这些混沌的想法抛诸脑后。

然后，米艾拨通了胡菲的电话："喂，菲菲，今天有空吗？我们去逛街？"

胡菲很抱歉地说："小艾，我爸妈来看我了，我今天要陪他们。"

"啊，这样啊，那好吧，等你有空我们再约。"米艾挂断电话，便走到衣柜前挑选出门要穿的衣服，挑来挑去，最终选了一身运动装。

看着镜子里活力四射的自己，她满意地点点头，随后出门打车，目的地是太阳百货。

"这套衣服妈妈穿肯定合适。"

"这条领带配爸爸的衬衣刚刚好。"

"这个口红的新色号好棒！我和菲菲一人一支吧。"

"……"

等米艾从太阳百货出来的时候，太阳已经偏西了。而她也已经大包小包拎了一堆，正当她准备打车回家的时候，一道人影飞快地从她眼前闪过。那个人影后面还跟了一位穿着公主裙和高跟鞋的女孩。

"抓小偷啊！"公主裙女孩气喘吁吁地大喊。

米艾一听，瞬间点燃了正义感。什么人竟然敢在光天化日之下偷东西！

可是人来人往的大街，其他人好像并不在意这女孩的呼喊，全都漠然路过，假装没听到她的呼救。

米艾下定决心，就算其他人都漠视不管，她也不会放任这种不正之风！况且她还是学校里的长跑冠军，追个小偷应该不在话下。

于是她扔下手中的东西就追了上去，边追边喊："你个败类！人渣！竟然偷东西！你给我停下！"

可这小偷却越跑越快。

米艾不服输地铆足了劲儿，向前冲去——

近了！近了！

她用力一伸手，叫道："哪里跑！"

可就在米艾抓住小偷肩膀的那一刻，他忽然一个转身，面露凶光。

米艾一惊，那是什么？

那人右手握着的明晃晃的东西，分明是一把刀！

米艾强装淡定："你别过来啊！我告诉你，这可是法治社会，容不得你撒野！"

虽然语言气势很足，但声音里的颤抖却将她的恐惧暴露无遗。

那人阴冷地笑着，朝她刺了过去——

米艾下意识地闭上了眼睛，等待剧痛的来临。

"小心！"一个正气十足的声音在这千钧一发之际响起。

米艾战战兢兢地睁开眼，那小偷已经被扣上了手铐。

抓住小偷的是一位年轻的警察，他关切地询问米艾："怎么样，你没事吧？有没有受伤？"

米艾急忙摇头："我没事我没事！多谢警察叔——不对，多谢警察小哥哥！"

年轻警察摆摆手道："不用谢，职责所在。倒是你，一个小姑娘家家的，怎么敢独自追小偷？"

米艾解释："我看那个姑娘可怜，东西被偷了都没人帮她……"

说话间，那个被偷钱包的女孩气喘吁吁地追了过来："谢谢小姐姐，谢谢小哥哥。"

她轻颤着双手接过警察小哥哥递过去的钱包，一连说了好多个谢谢。

米艾是个不藏着掖着的人，便问道："这位小姐姐，我有一句话不知当讲不当讲……"

公主裙女孩回答："没关系，你说吧。"

米艾小声问她："我看你全身上下都是奢侈品，怎么会为了一个钱包就踩着高跟鞋去追小偷呢？这样很危险的。"

公主裙女孩轻叹一口气，解释道："因为……这钱包里有我爸爸生前跟我唯一的合影……"

米艾急忙道歉："对不起对不起，我不是故意要问的……真的很抱歉。"

"没事的，你帮我追回了钱包，我还要谢谢你呢，"公主裙女孩感激地拉过米艾的手，白皙精致的脸上还残留着未干的泪痕，"我叫南宫婉儿，很高兴认识你！"

"我叫米艾，我也很高兴认识你！"

一旁的年轻警察尴尬地挠了挠头，秉承着专业的态度迅速给两个女孩做了笔录。结果刚要离开却又被叫住了。

"等等！这位警察小哥哥请留步！"南宫婉儿急忙伸手拦住他，"方便的话，给我留个联系方式吧。你帮我拿回了钱包，还救了米艾，我想好好感谢你。"

年轻警察的脸颊微微泛红："额……这是我们应该做的，没必要感谢。"

米艾偷瞄了一眼南宫婉儿，看见她的眼里闪烁着星星般的色彩，心里也就猜出了七八分。既然美女有意，警察小哥哥也一表人才，不如助攻一下！

米艾立刻开始游说："这位警察小哥哥，现在时代变了，你们警察救人是职责，我们群众想感谢你也是我们的自由，你就把联系方式给这位小姐姐吧，给了联系方式你就可以赶快带嫌疑人回去了。"

年轻警察的脸更红了，想了许久终于同意："额……那……那好吧。"

然后他缓缓接过南宫婉儿递来的手机,在"新建联系人"一栏里输入一串字符。

米艾赶紧凑过去，念出了屏幕上的名字："叶尘飞。嗯，名字不错，很好听。"

南宫婉儿激动地道谢："叶警官，谢谢你！"

叶尘飞再次挠头："没事的话我就先告辞了。"

正当他要转身离开的时候，米艾突然意识到一个非常严肃的问题。

"我买的东西！"她着急地大喊，"我刚才追小偷，一着急就把下午在商场买的东西都扔在街边了！"

"你说的东西，是这些吧？"忽然，一个熟悉的声音由远及近地传来。

米艾猛然转身。在刚刚亮起的路灯下，她微微扬起头，抬手挡住炫目的光线，然后，从指缝间，她看到了一张久违的脸。

米艾惊诧，这不是周洛吗，他怎么会在这里？

叶尘飞看到走过来的人，瞬间笑逐颜开："周恪你来啦！"

米艾不解：周恪？叶尘飞刚刚叫他周恪？

可是她怎么会记错，这张脸明明就是周洛呀！

正当米艾百思不得其解的时候，一个身影缓缓向她靠近，挡住了路灯的光。

她抬眼，看到了那张棱角分明的英俊的脸。

米艾细细观察，眼前人的所有特征都和周洛一样，唯一的不同点就是，这个被叫作"周恪"的男生有着一头随风舞动的黑发。而周洛的发色是金色的。

米艾一时间有些恍惚了。

周恪打破沉默，把手中的七八个购物袋微微举高："给，你的东西。"

到底哪一个，才是我认识的你

米艾并没有接过袋子，而是直截了当地问他："刚刚叶警官叫你周恪，这是你的名字吗？"

周恪点头承认。

米艾目不转睛地盯着面前这张与记忆中他一模一样的脸。世界安静得可以听见自己血液流动的声音，晚风吹乱了她额前的发丝，视线开始变得不再清晰……

米艾再次发问："你不是周洛吗？三点水的那个洛。你有没有改过名字？"

"对不起，你认错人了。"周恪否认得很干脆，"我叫周恪，竖心旁的恪，恪守成规的恪。"

米艾失望地叹息："抱歉啊……可能是我认错人了……"

可是怎么可能啊……这世界上真的有两个长得一模一样的人吗？

周恪不置可否把东西放到她的手上，嘴角的弧度微微下垂，眼神中藏着凛冽的光影。恍惚间，米艾觉得那根本不是一张脸，而是一副冰冷的面具。

周恪转身对同伴说："我们走。"

叶尘飞拽住小偷，和周恪一起离开。三个渐渐走远的身影，在夜色中越发朦胧。

南宫婉儿看着失神的米艾，悄悄凑近她耳边说道："米艾，你在想什么？"

突然的呼唤把她从复杂的思绪里拉了回来，米艾不好意思地回答："我没想什么，就是有点儿累了。"

南宫婉儿笑着对她伸出手道："米艾，以后我们当好朋友吧，我觉得和你特别投缘。"

米艾笑着握住她的手："好啊，我也觉得咱们有缘。"

南宫婉儿问出心中的疑惑："米艾，你认识刚刚那个警察吗？"

"我也不知道算不算认识……"她轻轻仰起脸，看见天空中稀疏的几颗星星和那轮遥远的明月，语气里染上一丝夜的清冷，"他长得很像我在伦敦认识的一个朋友，几乎可以说是一模一样……"

南宫婉儿惊呼："那他们是双胞胎吗？总不可能是同一个人吧！"

米艾摇头："是不是双胞胎我不确定，总之他俩不是同一个人，因为刚刚我找他确认的时候，他否认了。就好像，根本没见过我……"

南宫婉儿轻拍着她的手背："米艾，别难过。我们不是有叶尘飞的联系方式吗？他和这个警察是同事，所以，我们到时候就通过叶警官去调查，肯定会有线索的！"

米艾点头："嗯，谢谢你。"

"是我应该谢你才对，现在已经很难找到像你这样不顾自己安危去为别人追小偷的女孩子了，"南宫婉儿的语气很真诚。

夜色笼罩了整座城市，各色的灯光映衬着天空的灰暗。夜深了，二人约好常见面，就匆匆道别了。

******

警局。

叶尘飞八卦地凑过来："哎，周恪，刚刚那个见义勇为的小姑娘你认识啊？"

周恪冷冷地回答：“不认识。”

叶尘飞抓了抓头发：“可是她看你的样子应该是认识你的呀。”

周恪的语气依旧冰冷：“她认错人了。”

“哦，”叶尘飞忽然想起一件事，“对了！过几天有个缉毒任务，你要参加吗？”

周恪点头：“我已经报名了。”

叶尘飞惊叹：“你小子可以啊！才来警局三个月就敢接这种高危任务！不过别担心，兄弟我陪你！”

其他几位实习警员互相使了个眼色，假装出去上厕所，开始了窃窃私语的吐槽——

A：这周恪到底什么来头啊？为啥白天不来警局，只有晚上来？

B：据说入职的时候就已经和上级谈好了，只上夜班。

C：啧啧，该不会是有什么怪病吧？见不得光？

D：嘘，小点声儿，别被听了去……

******

夜色已深。

米艾关了灯，蜷缩在暖暖的被窝里，脑海中挥之不去的全都是年轻警察的身影。他冰冷的对白在她脑海中反复重演：“对不起，你认错人了。”“对不起，你认错人了。”

可是，你真的不是他吗……

那一夜，乌云遮蔽，天空无星也无月，大雨悄然而至……

“小艾呀！起来啦？今天要多穿点儿衣服哟，很冷的！”

米艾一起床就听到了妈妈温柔的叮嘱，她接过热牛奶，喝下一口，一瞬间，温热的牛奶就抚平了胃里的寒冷。

最近是米艾准备毕业论文的关键时期，她吃完早饭就急匆匆抱着笔记本电脑去了学校的图书馆。但是她刚坐下就感觉到今天状态很差，于是决定先去老地方给自己"充充电"。

米艾合上电脑，走出图书馆，拐进旁边略显隐秘的楼梯间。

一级、两级、三级……

每每看着自己的脚步丈量过这长长的阶梯，米艾便有一种心满意足的感觉。

长长的台阶最终通往一处天台，那里是米艾的秘密基地。

天台的风带着微微的凉意，上去的一瞬她立刻就清醒了许多。

"米艾！你要加油啊！"米艾站在栏杆旁，望着远方大喊，"努力写论文！一个月后一定要顺利毕业！其他事情都是浮云！"

心中的杂念似乎随着她的呼喊，抛向远方。

靳凯歌摘下墨镜，不满道："天台那姑娘谁啊？挡着我们拍周洛了！"

肖蕊急忙安抚："靳导您别着急，我这就上去看看情况！"

靳凯歌点头："好，快去看看啥情况。不是都跟学校说好把那里的人全部清走吗？"

肖蕊赶紧上去查看情况。

而此刻的天台，米艾根本不知道自己误入了拍摄场景。

她继续畅快地大喊："所以米艾，你不要再去想那个人了！"

"不再去想哪个人啊？"身后突然传来的声音吓了米艾一大跳，那个声线听起来十分耳熟。

她转身，想看清身后是谁，却一个趔趄差点儿倒向栏杆外。

"小心——"一双温暖的手臂，从身后紧紧揽住了她。

在天台微冷的风里，她就那样顺势跌进了他的眼眸。

"周洛……真的是你。"这个名字说出口的一瞬间，她的眼角蓦然涌出一颗巨大的泪珠，怔怔滑落。

"米艾？"周洛有些意外，"你怎么会在这里？"

"我……"此刻的米艾语气低落，无数种情绪混合着，如鲠在喉。

为什么……为什么当我决定将你彻底推出我的世界时，你却再次出现在我的面前……

周洛看着失魂落魄的女孩，关切地询问："米艾，你是不是遇到了什么事？我有什么能帮你吗？"

晴朗的日光下，逆光的阴影里，男孩的脸柔和得似乎晕上了一层滤镜。

米艾隐约感觉到他似乎变得不一样了……

这个温柔又阳光的男孩，没有了那些深邃的情绪，跟她在伦敦见到的他，好像很不一样。

而那个年轻警察，更不像他……

米艾开始困惑，到底哪一个才是她最初认识的那个周洛……

"周洛！"肖蕊的声音自不远处传来，男孩条件反射般地松开了米艾。

米艾顺着声音望过去，是她在伦敦见到的那个经纪人。

肖蕊直接走向米艾，说道："这位小姐，不好意思啊。我们正在拍电视剧，这座天台是取景地，麻烦您先离开，谢谢配合。"

米艾礼貌地说："好，我这就下去。"

周洛却拉住米艾："等等，米艾，你还没回答我的问题呢。"

肖蕊惊讶："你认识她？"

"我当然认识，这就是我们在伦敦见到的那个女孩啊！"

肖蕊猛拍脑门："哦！我想起来了，是你啊！"

经纪人友好地拉过米艾："跟我一起下去吧，等周洛录完就可以见他了。"

米艾点头表示同意。

在踏进楼梯间的那一刻，她听见身后传来男孩的声音——

"一定要等我啊！"

米艾没有回答，视线却渐渐变得模糊不清。一级一级的楼梯向下延伸，她满脑子都在回想他刚刚的样子。

是不是每一场重逢，都要热泪盈眶……

是不是每一场分别，都要很用力地抱紧对方……

当时的她并没有答案。直到很久很久以后，她才明白：人生的仪式，并不是每一场都需要遵守。被缘分的线紧紧牵住的人，无论多远，也一定会再次走到彼此的身边……

那个他，很温暖

肖蕊拉着米艾来到休息室，亲切地递给她一杯热水："既然你是周洛的朋友，那你也叫我蕊姐吧。"

米艾接过水："谢谢蕊姐。"

肖蕊亲切地握住她的手，笑容温柔又美好，但说出口的话却冰冷无比："米艾呀，我相信你是一个聪明的女孩，周洛三个月前回国签订新的经纪公司，不出意外的话，以后都会在国内发展。所以，现在对他来说是拓展国内市场的攻坚期，如果这个时候传出什么绯闻，对他来说有百害而无一利。我的意思你能懂吧？"

米艾点头。她当然明白，他是站在聚光灯下的明星，能遇到就已经很幸运了，又怎么会奢求更多！但不知为什么，听到经纪人说周洛以后会一直在国内发展的时候，米艾的心里竟莫名生出了一丝喜悦和期待。这是不是意味着，以后还会有很多的机会再见到他？

"米艾！"

正当她愣神的时候，身后突然蹦出一个瘦高的身影。

周洛满脸笑容地看着她道："我是不是吓到你了？你好像很喜欢发呆。"

米艾急忙否认："这不是发呆，这是冥想。"

周洛笑了："这不是一回事吗？哈哈，你怎么这么可爱！"

他一边笑着一边伸出手揉了揉她的发顶，米艾本能地想躲避，却又鬼使神差地留在了原地，贪恋着他掌心的温暖……

"咳，咳咳咳！"听见肖蕊的咳嗽声，周洛吓得急忙把手收回去，然后朝经纪人报以天使般迷人的微笑。

肖蕊压低了声音嗔怪道："你呀你，这儿这么多人看着呢。你可是公众人物，言行举止都要注意点儿！"

周洛瞬间摆出一副乖巧的模样："遵命！蕊姐！"学着军人的样子挺直了腰板，像模像样地行了个军礼。

肖蕊无奈摇头："周洛，我刚刚帮你跟导演申请了半小时的休息时间，你和米艾去别处聊会儿吧。"

"我就知道蕊姐对我最好了！"周洛激动的样子，像极了幼儿园里三岁的小朋友。

肖蕊白了他一眼道："行了行了啊，少来这套，我没收你手机和零食的时候你可没这么说！"

周洛不好意思地挠了挠头，挤出尴尬的笑容："那蕊姐我们先走了啊，拜拜。"

肖蕊将墨镜和口罩递给他，又叮嘱了一句："别跑太远啊，你只有半小时！"

在深秋和初冬交界的季节，在米艾熟悉的大学校园，她做梦都没有想到，和她并肩走在一起的会是当红的明星艺人。

虽然周洛戴着墨镜和口罩，但依然难掩他的帅气。路过的同学们开始拿起手机拍照，米艾的第一反应居然不是遮住自己的脸，而是替周洛挡住脸。

"跟我走。"又一次，男孩牵住了她的手，在宽阔的马路上飞奔。那掌心的触感，熟悉又温暖。恍惚间，让米艾误以为自己又回到了伦敦的那个夏天。

"安全啦！"周洛拉着米艾走进了学校旁边的小花园，那里有一大片灌木丛，刚好可以遮住他们俩。

米艾跑得气喘吁吁："呼……太惊险了，当明星真不容易啊，到哪儿都有人拍。"

周洛感慨："我都习惯了，要不是因为你在，我估计都不会躲，让他们拍个够，哈哈。"说话间，周洛摘下了墨镜和口罩，笑得一脸灿烂。

那一刻，米艾忽然觉得，好像自己又重新认识了他。现在的周洛，恰似一轮小太阳，走到哪里都会发光，还会给别人带去温暖和力量。

周洛追问道："对了米艾，你还没告诉我，你为什么会出现在这里呢？"

米艾笑道："我是这所大学的学生，这个天台是我的秘密基地。"

周洛的脸上瞬间浮起惊讶和费解："你不是在伦敦上学吗？怎么又变成这里的学生了？"

米艾向他解释："我只是去伦敦的交换生而已，到期就回来了，而且我这个月底就要毕业了。"

周洛赞叹："提前毕业！女学霸无疑了，厉害厉害！"

米艾不好意思地低下头："没有你说的那么夸张，我不是什么学霸，只是对自己所做的事情比较认真，能坚持到底，仅此而已。"

周洛更为侧目："啧，不仅是学霸，还这么谦虚，还有点儿可爱，还很特别。"

在说这句话的时候，他的笑靥仿佛染上了阳光的油彩，深邃又明亮的瞳孔如黑曜石般璀璨。

"对了周洛，"米艾鼓起勇气问出了深藏心中许久的话，"之前在伦敦，我承诺过你一件事……"

周洛没等她问完就抢先开口："我大概猜到了，你想说要还我人情这件事，对吗？"

米艾怎么也没想到，一个像星星般遥远又耀眼的男孩，居然记住了她这样一个不起眼的路人甲说过的话。生活中的小确幸无处不在，她心脏深处的某个角落，倏然间就变得柔软……

"来，把你的手机给我。"周洛礼貌地拿过她的手机，飞快地按下了一串数字。

下一秒，他的手机响了起来。

"喏，这个就是我在国内的手机号码，"周洛半开玩笑地把手机还给她，"还人情这件事不着急，等我下次先饿个三天三夜，然后再去找你蹭饭。一定让你一次性把人情还个过瘾。"

米艾先是怔住，然后盯着手机上那串跳动着的数字，不禁展露笑颜："好，一言为定！"

"但是米艾，"周洛忽然想逗逗她，"你都不考虑一下就答应了？就不怕我特别能吃，一顿饭把你给吃穷了？"

米艾摇摇头："爸爸妈妈一直教育我，言必信行必果。还你人情是我提出来的，所以不管你吃多少，就算把我吃穷了我也心甘情愿。"

她边说边扬起了嘴角。阳光透过树丫，斑驳地洒下点点光影，那光晕轻轻晃动，遮挡了她的视线。

所以她并没有注意到，男孩看向她的眼神里，添上了一抹悸动的痕迹……

此时此刻，拍摄场地的肖蕊正在低声打着电话："嗯好，谢谢医生……好的好的，我记下他的号码了。嗯嗯，以后周洛就去找他看病了……您的学生我自然放心！好的，麻烦您了，回聊啊！"

半个小时真的很短暂，很快周洛就继续他的拍摄任务了，而米艾却依旧不想离开，默默地在后面看着摄影师镜头里的男孩。那么帅气，那么美好……

"爸！我回来了！"突然，一声熟悉的呼喊从远处传来，米艾猛然回头，看到靳星正推着行李箱往这边走来。

"靳星？！"

"米艾？！"

两人异口同声："你怎么会在这里？"

米艾先答："我是这所学校的学生啊。你呢？"

靳星指了指那边的导演："我来找我爸！"

米艾惊讶："你爸？"

靳凯歌闻声走过来，拍了拍靳星的肩膀："你个臭小子，还知道回来找你爸啊！"

靳星不好意思地摸了摸脑袋："嘿嘿，爸，我这不是一回国就来找您了嘛，我向您保证，以后哪儿都不去了，就留在您身边！"

靳凯歌似乎很高兴："好！这可是你说的，不许反悔！"

"老爸放心！我决不反悔！"

然后，在米艾略显尴尬的注视下，靳凯歌和靳星来了个结结实实的拥抱。

靳星注意到了米艾的尴尬，急忙结束对话："好啦，老爸您先忙吧，我朋友在这里，我过去说几句话啊！"

靳凯歌忙不迭点头："好好好，去吧去吧。我也去继续盯片场了。"

靳星满脸笑容地朝她走来，米艾笑着问他："你怎么提前回来啦？"

靳星笑得很开心："因为想你啊！"

"少来啊，说正经的！"

"哈哈哈，其实就是因为一个人在国外太无聊了，就提前回来咯！"

米艾点头道："那你回国后有什么打算吗？"

靳星摇头："暂时还没有，不过应该会继承我爸的衣钵吧，当个导演。毕竟我主修的也是这方面的专业。"

米艾赞叹道："靳星啊靳星，我说在国外第一眼见到你的时候，就觉得这男孩怎么浑身上下都散发着艺术的气息，原来是大导演的儿子啊，哈哈哈……"

靳星开心地摆摆手："哈哈，还是我们米艾最会说话！深得我心哪！"

"哈哈哈哈哈……"

他们两个笑得前仰后合，惹得旁边的工作人员不悦地瞪他们。

米艾急忙小声提醒靳星："嘘——我们小点儿声。"

靳星点头："好。对了米艾，你跟着拍摄团队干什么？难道你想进组工作？"

米艾摇头否定："不是不是，我在这里遇到了一位在伦敦认识的朋友，就在这里看一会儿，刚好缓解一下写论文的痛苦。喏，就是那个——"

米艾指着镜头里的金发男生给他看，惹来靳星一阵艳羡："啧啧，我们小米艾，他该不会是你男——唔！"

米艾慌忙捂住他的嘴："别瞎说啊！这里那么多人！万一传出绯闻你可得负全责！"

"咳，咳咳咳咳咳……"

看到靳星剧烈地咳嗽，米艾这才松开捂在他嘴上的手。

靳星大口大口喘气："我说米艾，你是不是练过呀？手劲儿可够大的！"

米艾白他一眼："明明是你太弱不禁风好吗？"

靳星求饶道："好好好，我说不过你。不过讲真啊，你要是喜欢他你跟我说呀，我让我爸帮你们撮合！"

米艾急忙阻拦："别别别，你可消停会儿吧，我不喜欢他。那个，我还有论文要写呢，先不跟你说了啊，回见！"

靳星在她身后大喊："喂！米艾，你别跑啊！"

她却头也不回地逃离了这个"是非之地"。回到图书馆之后，米艾深吸了几口气才平复了心情，准备继续投入论文的海洋。

嘟嘟嘟——

米艾的手机开始疯狂震动，是胡菲发来的一连串微信消息："米艾米艾，你快看校内贴吧！你上头条了！"

米艾："哈？什么情况啊？"

胡菲："自己去贴吧看。"

米艾急忙打开校内贴吧主页，点进去热度最高的那条帖子，顿时，瞠目结舌——

竟然是她和周洛在校园主马路并肩而行的照片！

绯闻风波

怎么会这样？她和周洛看到人明明立刻跑开了，怎么还是被拍到了。

她颤抖着双手握紧鼠标，点开帖子的详情页，一页一页往下翻。照片里的男孩歪头看着她，两人在深秋的阳光里笑得如夏花一般绚烂。女孩的头顶大概到男生的下巴，身高格外相配。

继续下翻，她看见了自己捂住周洛脸的那张照片——周洛紧紧拉着米艾的手奔跑，影子落在身后，将时光的印记铺满秋日的大道。

米艾想了想，这样的照片对明星来说一定十分不利，于是急忙拿出手机给周洛发信息道歉：周洛，很抱歉，我和你在校园路上跑的时候被偷拍了，照片被挂上了我们学校的贴吧头条，真的真的很抱歉，我会尽快想办法去找人删掉的。

放下手机，当她再次望向那些照片的时候，心底有个地方竟然长出了几丝悸动。

叮——

一条消息弹出："没关系，不用去删，这种事大家议论议论，热度一过自然就淡忘了。"

看到他的回复，米艾的心里总算踏实了一些。于是，她继续坐下来写自己的毕业论文。

十分钟后，她的手机再次弹出一连串微信消息：

胡菲："小艾小艾不好了！"

米艾："又怎么了？"

胡菲："你现在已经上微博热搜了！"

米艾："你确定？"

胡菲："千真万确！你快去看看吧！"

米艾急忙打开微博，一眼就看到了那条最新的热搜："当红明星在校园上演真人偶像剧"。

她急忙点进去，下面的评论乌烟瘴气——

"啊啊啊啊啊！我老公怎么会和别的女生走在一起？丑女快走开！"

"额，其实那女生长得还不错啊，很可爱，跟周洛也很搭。"

"那女的是小矮人吗？哈哈哈哈哈，比我们阿洛矮那么多！"

"讲真的啊，大家别打我，我为什么莫名觉得这两个人有点儿般配……"

"呵呵，好一朵盛世白莲花！"

"这个女生请你自动滚开好吗？"

"麻烦这位妹子要点儿脸！想红想疯了吧？竟然打我们阿洛的主意！"

"啊啊啊啊啊！气死我了，我要去人肉①她！！！"

"对！去人肉她！让她知道我们洛粉②的厉害！"

米艾急忙关掉了电脑，不去看那些可怕的言论。

---

①人肉：即人肉搜索，指以互联网为媒介搜集关于特定的人或者事的信息。

②洛粉：此处指周洛的崇拜者。

可就算这样，她也不忘担心周洛，担心他会被经纪公司批评。

******

HD 娱乐公司。

周洛义正词严："不行，我要发微博澄清！不能让评论区的那些网友这样骂米艾！"

周洛刚拿出手机就被肖蕊一把收走："你疯了吗？这个时候你去发微博澄清？你替她说话？即使你俩没事也变成有事了！"

周洛反问："那怎么办？我总不能就这样眼睁睁看着米艾受牵连吧？"

肖蕊冷静地说道："按兵不动，以不变应万变。"

周洛追问："蕊姐，我们难道没有其他方法了吗？"

肖蕊解释道："不是我不关心米艾，是你这个时候必须淡然处之，为了不让事态扩大化，你不能发表任何言论。"

周洛无力地坐在椅子上，明亮的瞳孔似乎蒙上了一层浓得化不开的雾。他开口恳求："蕊姐，能把手机给我一下吗，我想给米艾发一条消息。"

肖蕊把手机递给他："发吧，发完立刻给我。"

叮——

米艾收到了周洛发来的短信："米艾，对不起，没想到网友会说得如此过分，你别在意，蕊姐他们正在帮我处理。等风波过了，我请你吃大餐赔罪！"

看着短信里的一字一句，米艾甚至可以想象出他焦急又愧疚的模样。

米艾急忙打字回过去："没关系，我不会受影响的。等你的大餐咯！"

******

盛世娱乐公司。

一个浓妆艳抹的女生气急败坏地把手机摔到地上："这是什么啊？！这种货色也配和阿洛一起上热搜？！"

经纪人袁竹急忙劝说："哎哟我的大小姐，犯不着啊，气坏了身体可就不好了。"

姚语妍固执道："我不管，你去帮我联络，我下一部戏要和周洛合作！"

袁竹只能先顺着她说："好好好，你别生气啊，气大伤身，我这就去帮你联络。"

姚语妍盯着地上破碎的手机，咬牙切齿道："我看上的东西，没人能抢得走！"

******

HD 娱乐公司。

陆谨言大步走进公司："肖蕊，你过来一下。"

肖蕊惊讶："陆、陆总，您怎么过来了？"

陆谨言边走边说："我看到了微博热搜，过来处理一下。跟我来会议室吧。"

肖蕊急忙跟进去，小心翼翼关上会议室的门。

啪——

陆谨言把一沓文件扔在会议桌上："看看这些。"

肖蕊拿过文件，定睛一看："是米艾的资料？"

陆谨言的语言不夹带任何情感："我看到热搜以后立刻就派人去查，找到了关于那个女孩的资料。"

肖蕊小心试探："所以陆总您的意思是？"

陆谨言回了简短的四个字："将计就计。"

肖蕊："此话怎讲？"

陆谨言分析道："这个叫米艾的女孩是胜北大学的高才生，一个月后会提前毕业。我建议，直接把她招过来当周洛的助理。"

肖蕊不解："这样岂不是进一步坐实了绯闻？"

陆靳言否定："非也。我们把米艾招过来当助理，她和周洛就成了同事关系，这样一来，并肩行走一事就根本不是什么绯闻了，只是简单的助理陪同艺人赶通告而已。"

肖蕊恍然大悟，不得不佩服陆总的计策。

陆谨言继续说道："而且借着这个话题，我们刚好可以为周洛炒作一下新剧。"

这一刻，肖蕊觉得坐在自己面前的男人仿佛是穿越而来的古代战将，有勇有谋，不怒自威。

陆谨言拍了拍桌子道："听明白了吗？"

肖蕊急忙回神："明白明白！我这就去办！"

肖蕊起身准备离开，陆谨言又叫住她："等等。"

"陆总请指示。"

"这姑娘好像主修传媒专业，而且英语是八级的水平，我们公司刚好需要这样的人才，既可以做翻译，又可以做公关。"

"好的陆总，我一定替您办妥，把她成功招进公司。"

******

天边的最后一抹云霞也隐去了，夜幕笼罩了周围的一切。

华灯初上。

米艾在路上慢慢走着，回忆着今天发生的一切，思考了很多问题……

可能她和周洛注定就是两个世界的人吧，明星的生活不是普通人随便可以靠近的……所以，要及时止损了吧……要是再不清醒的话，估计真要带来更多的麻烦了。

米艾越想越丧气，越想越出神，丝毫没留意口袋里的钥匙掉在了身后的路面上。

突然，她的肩膀被轻拍了一下。——回头，她先是看到宽厚的胸膛，再是棱角分明的下巴。有些炫目的灯光下，他深邃的眼睛如恒星般闪耀。

周恪把钥匙递给她："你的吧？"

米艾点头道谢，接过钥匙。

"你好像很喜欢在晚上出门？"周恪没来由地问了一句。

米艾急忙否认："不是，只是今天遇到了烦心事，出来走走而已。"

周恪语气冷冷："晚上不太安全，女孩子最好避免单独出门。"

米艾莞尔一笑："我知道，但是现在我很安全。"

周恪微怔。

看着他严肃又疑惑的面孔，米艾不禁笑出了声："有你这么一位身姿矫健的警察在身边，我怎么会不安全呢？"

周恪的脸上倏然飞上了一抹浅浅的红霞："抱歉，我还有任务。你早点儿回家，别像上次一样遇到危险。"说完就利落转身。

"喂！周恪！"不知是哪里来的勇气，米艾在身后叫住了他，"别走……好吗？"

真的是双胞胎吗

那一瞬，纷纷扬扬的落叶在夜幕下旋舞，路灯下的身影忽然停住。

"你……是有什么事吗？"周恪背对着她，语气有些僵硬。

米艾看着眼前一片片飞舞的落叶，郁郁开口："我不想一个人在这里……"

在寂静的夜里，她甚至可以清晰地听到自己声音里的轻颤与哽咽。

周恪终于转身，深邃的瞳孔染上深沉的墨色。

他看着她，沉默了许久，终于缓缓说出一句："跟我来。"

于是，两个一高一矮的身影，在路灯下渐行渐远，走向灯火阑珊的尽头。

"哎？这不是上次追小偷那姑娘吗？"一到警局，叶尘飞便立刻认出了米艾，"怎么，这次又见义勇为啦？"

米艾急忙否认："没有没有。"

叶尘飞不解："那你为什么来警局啊？"

米艾抬起头，看向一言不发的周恪，他正在饮水机旁边接水。

叶尘飞顺着她的目光望向周恪，瞬间领悟："哦！原来是因为我们家周恪呀！我跟你说，不止你一个，自从周恪上岗这三个月以来，好多小姑娘都来警局门口堵人呢！"

看着叶尘飞眉飞色舞的样子，米艾不禁抽动了几下嘴角："真的这么夸张？"

"那还有假？"说罢，叶尘飞微微凑近米艾，"我告诉你一个情报哈，周恪只值夜班，你要找他就只能晚上来，其他时候见不到的。"

叶尘飞说完又立刻挺直了腰板："咳，我只告诉你一个人，其他小姑娘可没这福利！"

"你们刚才聊到我了？"周恪端着水杯走了过来。

叶尘飞急忙矢口否认："没有没有！没聊你！我们……就……就随便寒暄了几句，夸她上次特勇敢来着！"

周洛没有回应，默默把手里的杯子递给米艾："喝吧。"

米艾双手接过水杯，那杯口还冒着热气。

"要是心里难受的话，就在这里坐一会儿，叶尘飞会替你解忧排难。我还要去巡逻，先走了。"周恪说完便戴上帽子，蓦然转身。

米艾拼尽全力，也无法从他的话里听出任何一丝情绪。

她怔怔望着周恪踏出警局的大门，握着热水杯的手渐渐变得僵硬。

她开始自责，明知那不是他，为什么还要欺骗自己？为什么要把他叫住？为什么要跟到警局？难道只是因为这张一模一样的脸吗？

放过彼此吧，不要再来打扰周恪的生活了！

心里有一个声音在歇斯底里地咆哮，她感觉到身体里的血液一点一点变冷，却又一瞬间开始奔涌。

啪——

热水杯掉在了地上，米艾不顾一切地冲了出去。

"周恪！我有话要对你说！"

隔着疏离的灯光，她看见周恪的背影蓦然怔住。

他转过身，语气里不带一丝感情："你到底……要做什么？"

一、二、三……

米艾数着他向她走来的脚步，当数到十的时候，他已经站在她的面前。

周恪问她："有什么话快点儿说，我赶时间。"

米艾鼓起勇气道："很抱歉我今天冒昧叫住了你，还跟来了警局，希望没有过多地打扰你的工作。但我这一切都是事出有因，因为……因为你和他长得一模一样。"米艾继续说道，"虽然你曾否认过，但直觉告诉我，你和那个跟你长得一模一样的周洛一定有某种联系。"

周恪沉声道："说完了吗？"

米艾点头。

"好，那我也有话对你说。"周恪的语气很冷，"我很忙，没时间陪你纠结这些无聊的问题。"

"对不起……"米艾道歉，声音再次哽咽。

她也不知道为什么，会对周洛的事情如此关心。这些事，其实与她无关。

但下一秒，米艾自己都没意识到，她竟然问出了这样一个问题："那以后，我可以再来这里看你吗……"

不知是不是她的错觉，周恪的眼神中竟划过一丝微光，但紧接着又黯淡下去："不可以。以后，没什么事的话就不要再见了。"

这一次，他没有再回头，大步地转身离开。

叶尘飞不知什么时候出现在米艾的身后："别难过了，周恪他……他脾气有点儿古怪。"

叶尘飞默默地给她递过来一张纸巾，她这才意识到自己早已泪流满面。

"很抱歉听到了你们刚刚的对话，你说的那个跟他长得一模一样的人，应该是他的双胞胎弟弟吧。"

"双胞胎弟弟？"米艾惊诧。

"对，就是电视里经常出现的那个明星周洛。"叶尘飞皱了皱眉，"但是，他们两个好像关系不太好，周恪从来都不想提起他。"

真的是双胞胎吗？为什么会关系不好呢……

米艾怔怔地望着周恪离去的方向，心里涌上无数种复杂的情绪。

嘟嘟嘟——

正出神的时候，她的电话响了。

米艾接听，电话那头立刻传来楚涵墨的声音："米艾，我看到微博热搜了，你现在在哪儿？没事吧？"

米艾如实回答："我没事，现在在警局。"

楚涵墨反问："怎么去警局了？"

米艾顺口编了个瞎话："我、我不小心迷路了，被警察带到了这里。"

楚涵墨语气温柔："好，你把地址发给我，我现在去接你。"

挂断电话，她满脑子都是周恪的背影。

直到上了楚涵墨的车，直到进了家门，她都一直处于恍惚的状态。

米艾的妈妈急忙迎上来："哎哟，小楚呀，谢谢你送小艾回家。"

楚涵墨礼貌回复："没关系的伯母，您好好照顾米艾吧，我就先回去了。"

"这就要走啊？不进来喝杯茶吗？"米艾妈妈急着挽留。

楚涵墨看了看情绪有些低落的米艾，有眼力见地对米艾妈妈微笑道："不了阿姨，今天我还有些事，改天再来。"

米艾妈妈有些遗憾地说："那好，小楚路上小心啊！"

楚涵墨道别："伯母再见。"

他刚坐进车里，正准备发动引擎，手机却响了起来。拿起来一看，是肖蕊打来的。

"喂，您好，请问是楚医生吗？"

"是我，请讲。"

肖蕊礼貌地陈述情况："楚医生，是这样的……"

电话那头说了很久，终于结束的时候，楚涵墨说："嗯，好的，情况我了解了。那就把心理治疗的时间约在明天中午十二点吧。"

肖蕊连连道谢："好的好的，太谢谢您了！"

此刻的米艾正坐在家里的沙发上，妈妈把热牛奶递给她："小艾呀，你没事吧？我看你情绪一直不太高涨。"

米艾急忙宽慰道："妈，我没事。"

"就别瞒着我了，微博上的那些热搜我都看见了，要不是前阵子小楚教会了我用这些社交软件，我都不知道你和明星传绯闻了。"米艾妈妈一边说着一边拉过了她的手，"但是女儿呀，妈妈不希望你因为这件事不开心，这些娱乐圈的新闻不都是那样嘛，真真假假的，炒作个一两天也就过去了，别担心啦，嗯？"

米艾有些意外，她原本以为父母会不理解她，甚至责备她，所以才一直瞒着。但没想到，他们竟然如此理解自己……

妈妈轻轻抱住米艾，熟悉的温度让人无比心安。

"女儿呀，爸爸和妈妈都相信你！"爸爸端着茶走到茶几旁边坐下，"对了，这个银行卡你收好。"

米艾疑惑："嗯？给我的吗？"

"对，过两天我和你妈要去国外玩一阵子，你自己在家别缺钱花。"

米艾一下子从妈妈身上离开："爸妈，这么大的事你们怎么都不提前告诉我啊？"

妈妈笑得一脸慈祥："哈哈哈，你看你这孩子，我们也是前两天才决定的，这不今天就告诉你了嘛。反正你从小就独立，我和你爸都放心！"

米艾点点头，把银行卡收了起来："爸妈，你们旅游攻略做好了吗？"

妈妈急忙拿出手机："哈哈，你说的那个什么攻略啊早都规划好啦！多亏了小楚这孩子，要不然我和你爸都不会弄！"

米艾腹诽：又是楚涵墨，这人不会是懂得下蛊吧……

爸爸继续夸："是啊，小楚这孩子不仅聪明，还很善良，专业方面也很优秀，是一位十分杰出的心理医生。米艾，你要多向人家学习啊！"

米艾继续腹诽：好吧，楚涵墨你赢了，连我爸都开始为你说好话了……

米艾没再言语，咕咚咕咚把牛奶喝完，说道："爸妈，我先回房间了啊，有些困了，想早点儿睡觉。"

爸爸妈妈异口同声地说："好。去吧去吧！"

结果米艾刚一进门，就看见手机上有一个未接来电，于是她急忙打回去："喂，您好，请问您刚刚给我打电话了吗？"

"是的，米艾是我。"

米艾惊讶："蕊姐？！"

"对，是我。"

"蕊姐，您给我打电话有什么事吗？"米艾的心里已经开始忐忑了。

"哈哈哈，别紧张，是好事，"电话那头的肖蕊语气柔和，"明天来公司一趟吧，地址我等下发给你。"

米艾惊诧："蕊姐，你让我去你们公司？！"

"对，我们决定聘用你为周洛的高级助理，薪资是普通大学生薪资水平的十倍。怎么样，考虑一下吗？"

米艾更费解了："高级助理？薪水还这么高？蕊姐，你们是不是搞错了啊？我根本没做过这方面的相关工作呀。"

"哈哈哈，别害怕，你不是传媒专业吗，英文水平又很高，而且你马上就要毕业了，我们正需要你这样的人才！重点是你和周洛又是朋友，你来做他的高级助理再适合不过了。"

米艾还是问出了心中的担心："可是现在网上还在传我俩的绯闻，我再过去当助理，是不是对周洛的前途影响更大啊？"

肖蕊安慰道："别担心，等你明天来公司我们再谈具体细节，好吗？"

米艾只能答应下来。

肖蕊热情地对她说："米艾早点儿睡啊，晚安！"

周洛接新剧

放下手机，米艾的心情久久不能平静。

高级助理……刚刚蕊姐说让她去给周洛当高级助理？！

米艾急忙用力掐了掐自己的脸。

嘶……

疼痛感告诉她，这是真的。米艾很惊喜，很意外。

就当她以为很长时间都不能再见到周洛的时候，上天却给了她一次和他朝夕相处的机会。而且，这样她就有机会弄清楚周洛和周恪之间的秘密。

一夜好眠……

一大早，妈妈就开始喊米艾："小艾呀！快起床吃早饭啦！"

米艾伸了个懒腰说道："妈我跟您说一件——"

她刚想把昨晚的消息告诉妈妈，却转念一想——不行！妈妈那么喜欢楚涵墨，听到她要去给那个传绯闻的男明星当助理肯定不会同意的，这件事她得先斩后奏。

妈妈有点儿不悦地说："你看看你这孩子，怎么话说一半就不说了呢？"

米艾灵机一动编了个瞎话："我刚才就是想跟您说，我今天要继续努力写毕业论文！"

妈妈笑了："好好好，多吃点儿饭，这样才有力气写东西！"

"嗯！我老妈最好啦！"

爸爸凑过来说："咳，还有我呢？"

"哈哈哈，我老爸和我老妈一样好！"

于是，一家人欢声笑语，开开心心地坐在一起吃着幸福感满满的早餐。而爸爸妈妈却并不知道他们的宝贝女儿正在心里密谋着一场先斩后奏的戏码。

吃过早饭，米艾就以去学校图书馆写论文为由出了家门，拦了辆出租车，直奔 HD 公司。

肖蕊远远就看见了她，急忙打招呼："米艾你来啦！"

"蕊姐早上好。"

"来来来，快坐吧！"肖蕊见米艾一直在左顾右盼，不禁露出意味深长的笑，"米艾，你是在找周洛吧？"

米艾急忙否认："没……我不是。"

肖蕊看破不说破："哈哈，周洛他现在在化妆间呢，造型师正忙着帮他收拾。"

米艾好奇："他今天是要出席什么活动吗？"

"嗯，刚接了一部新戏，今天要去见投资人。对了，你等下也要做个新造型。"

"啊？我？"

"对啊！就是你！"肖蕊双手握住米艾的肩膀，轻推着她向化妆间走去，"劳动合同我们等下再签，你先去做造型！"

米艾愣愣地回答："额……好。"

当她走进化妆间的那一刻，透过那面大大的镜子，米艾看见了周洛阳光般的笑容。

还没等米艾开口，周洛就先她一步开了口："米艾，你来了！"

米艾回应他："早上好啊。"

周洛指了指身旁的椅子："来，坐这里。米艾，我跟你说，我昨天可担心你了，一直想给你打电话，但是公司不允许……不过现在好了，我们以后就是同事了。"

米艾恍惚：原来，他也在为这个感到开心吗……

米艾没有做出任何回应，只是报以同样的笑容。但她清楚地知道，那一刻的她，是满足的。

"哎？米艾，你今天的口红色号很衬你的肤色啊。"周洛看着镜子里的米艾，不禁赞叹。

米艾有些不好意思："……是吗？"

周洛用力点头表示肯定："真的很好看，没想到你能把珊瑚红驾驭得如此完美，刚好前阵子有几家合作商送了我很多口红，我记得里面就有珊瑚红的，改天我都拿过来送你。"

正当米艾准备摆手拒绝的时候，化妆师已经坐到了镜子前，开始为她准备妆发。

米艾从镜子里看向周洛："听蕊姐说你刚接了一部新戏？"

"嗯，这部剧的题材我很喜欢。"

"是什么题材啊？"

周洛笑着回答："是关于缉毒警察的一部戏！"

米艾惊怔。不知为什么，她觉得眼前的这个男生竟像换了一个人。

她明明记得在伦敦初相遇的那天，周洛提起缉毒警察时眼神中的悲恸。可现在却像没事人似的接了一部缉毒警察的新戏，这很不正常……米艾的直觉告诉她，这其中一定发生了什么不为人知的事……

周洛开心地说："怎么样，这样的题材是不是很酷？"

米艾点头："嗯，是很酷。"

她看着镜子里那张阳光乐观的脸，总感觉哪里出了错……

一个人的悲伤，无论如何隐藏总还是会有痕迹的吧……可是周洛却在短短的三个月内就变得判若两人，原本悲伤的过往仿佛与他无关一样……这非常不对劲。

"都准备好了吗？"一个西装革履的男人推门而进，透过镜子，米艾看见他的眼神准确无误地落在她的身上。

肖蕊急忙迎上来："陆总您来啦！"

陆谨言点头："嗯，我来看看大家准备得如何了。"

肖蕊解释道："他们就快要做好造型了！再有十五分钟就可以出发！"

陆谨言再次点头："好。"

说话间，西装男生朝着米艾一步步走近。那狭长的黑眸里，似乎有一团雾气在升腾。

陆谨言直截了当地发问："你就是米艾？"

米艾点头："是的，我是米艾。"

她望着镜子里的他，竟从那张棱角分明又不苟言笑的脸上隐隐看到了一丝柔和的光影。

陆谨言察觉到了米艾的目光，急忙用言语来遮掩自己刚才的失态："米艾，我相信你的能力，一定可以胜任助理这个职位。"

说完，他微微定了下神，重新恢复了往日雷厉风行的样子。

陆谨言补充道："另外，你的英文水平很好，所以你的另一个任务就是在必要场合兼职我的英文翻译。"

米艾怔住。

陆谨言说完便转身离开。没有人看见，他关门的那一刹，眼底蓦然涌上的悲伤……

半小时后，他们一行来到了盛世公司，签署新剧的合同。

盛世集团的总裁范仁很热情："欢迎各位！幸会幸会！"

陆谨言微微颔首："幸会。"

一番寒暄过后大家各自落座。

姚语妍抢先坐到了周洛的旁边："阿洛，我特别喜欢你之前拍的那部电影！希望这次我们可以合作愉快！"

周洛礼貌地回复："谢谢，祝我们合作愉快。"

肖蕊急忙烘托氛围："哈哈，既然两位主演都这么说了，那我们这部剧一定可以拍得很顺利！"

范仁附和道："哈哈哈，肖大经纪人说得对呀！现在的年轻人都很有才华，演技又好，我很看好他们！"

陆谨言补充道："那就预祝我们的新剧《无冕英雄》收视长虹。"

范仁大笑："哈哈哈！说得好！"

这是米艾第一次出席这种场合，她觉得有些不自在，但好像全桌的男生都有意去照顾她。此刻的姚语妍在心里偷偷骂了米艾千百遍：哼！这个狐狸精可真有一套啊！昨天还只是和周洛传个绯闻，今天就成功上位变身助理了！等到拍新戏的时候，看我不给你点儿颜色瞧瞧！让你知道跟我姚语妍抢人的下场！

时间一分一秒地过去，在十一点半的时候，肖蕊起身告辞："抱歉，我们周洛还有一个通告要赶，就先告辞了。你们慢慢聊！"

范仁朝他们挥挥手："哈哈，好好，去吧！"

米艾刚要起身跟着一起走，肖蕊却伸出手按住她的肩膀："米艾，你就先在这里陪大家聊一会儿吧，我们很快就回来。"

米艾点头同意。

但不知为什么，那一刻，米艾在肖蕊的眼神中看到了一丝隐瞒……

******

周洛家客厅。

肖蕊急忙招呼来敲门的人："楚先生您好，快请进。"

周洛却极力拒绝："蕊姐，我都说了我没病！你为什么还要给我找心理医生啊？"

肖蕊严声道："周洛，听话。楚医生都来了，赶快打招呼。"

楚涵墨礼貌地笑笑："周先生你好，我是楚涵墨。"

"你好，我是周洛。"周洛极不情愿地和他握了个手。

楚涵墨立刻恢复了专业的态度："麻烦周先生坐到椅子上吧。"

周洛垂眼："嗯。"

楚涵墨从包里拿出一个小摆锤道具，开始为周洛催眠……

周洛接受心理治疗

楚涵墨："来，放轻松。深呼吸。想象你现在正在一片辽阔的草原上，阳光柔和地照着你的脸。微风轻轻吹拂，而你正在无忧无虑地漫步。"

随着楚涵墨手中小摆锤的晃动，以及他低沉却带有蛊惑性质的声线，金发男孩已经渐渐进入了那个被他催眠的世界……

楚涵墨："很好，就这样，慢慢地走着，走着……这个时候，你的面前忽然出现了一扇门。"

周洛半躺在椅子上，双目紧闭，冷汗涔涔。

楚涵墨抬手示意肖蕊先离开，并继续说道："别怕，勇敢地走过去。"

"不，不，不……"被催眠的周洛闭眼坐在椅子上，忽然开始剧烈地摇头，像是在拒绝着什么。

楚涵墨："不要怕，你是安全的。来，跟着我，走进这扇门。"

楚涵墨慢慢放下手中的小摆锤，双眉紧蹙："现在，你走进来了。阳光和微风不见了。"

楚涵墨："告诉我，你在这房子里看到了什么？"

楚涵墨紧紧盯着周洛的反应，看着他一直冒冷汗，一直拼命地摇头。

周洛："不，不，我不要看！"

楚涵墨："勇敢一点儿！来，害怕的话就抓紧我的手。"

楚涵墨将手递给周洛，他一瞬间紧紧地抓住，就像抓住了救命稻草一般。

楚涵墨："睁开眼睛去看吧，告诉我你看到了什么？"

周洛："铁棍、匕首、刀疤脸……不要！不要杀我！"

周洛的手拼尽全力死死抓住楚涵墨的手腕，像是遇到了什么万分恐惧的事情。

楚涵墨："再勇敢一点儿！他不会杀了你的！你是安全的！快告诉我，你还看到了什么？"

周洛："一个警察，我看到了一个警察！"

楚涵墨："他长什么样子？"

周洛："黑色的头发。"

楚涵墨："还有呢？"

周洛："深黑的眼睛。"

楚涵墨："他在做什么？"

周洛："他，他在……在和刀疤脸对打！"

周洛："不，不要！不要死！！！"

猛的一下，周洛惊叫着从椅子上坐了起来。满脸冷汗，瞳孔紧缩。

"周先生，本次治疗就先到这里吧，感谢配合。"楚涵墨收起自己的小摆锤，准备离开。

"等等！"周洛下意识地叫住了他，"你刚刚给我催眠了？"

楚涵墨如实回答："是的。"

"那你告诉我，我真的像蕊姐说的那样，有心理疾病吗？"

楚涵墨微微颔首："算是吧。"

听到这句话，周洛的眼瞳里分明闪过了百感交集的情感，那里面蕴含了一种名叫宿命的意味……

周洛恳求道："楚医生，我得了什么病？您就告诉我吧，求您了。"

楚涵墨想了很久，还是决定让他直面现实："周先生，你所患的心理疾病是……"

周洛不禁屏息，深邃的瞳孔闪烁着飘忽不定的光芒。

楚涵墨缓缓说出一个词语："人格分裂。"

"你说什么？"周洛震惊，"人格分裂？"

楚涵墨毫不避讳："对。只是我不确定你现在的病情发展到了什么程度，还需下次治疗的时候进一步观察。"

周洛点头。

楚涵墨拉开门，说道："那我就先告辞了。"

门被轻轻地关上，周洛无力地瘫坐在椅子上，眼神里弥漫着恍惚。

再后来，还在饭局上的陆谨言接到了肖蕊打来的电话，说周洛身体不适不过来了。

不知道为什么，第六感告诉米艾，关于周洛忽然离开又不再回来这件事，绝不简单……

"想什么呢？"陆谨言看向米艾，"我看你一直在出神。"

"啊？哦！那个，陆总抱歉！我、我不是故意要走神的……"米艾急忙鞠躬道歉，直起身才发现大家都已经走光了。

陆谨言冷冷开口："既然决定接下这份工作，就要克服自己的私心杂念。在什么地方干好什么事，我想这个道理你也明白。米艾，别让我失望。"

一字一句，这个男人用不怒自威的口吻淡淡地陈述着，带着与生俱来的说服力。

米艾不住地点头：“我明白了。”

陆谨言岔开话题：“要回学校吗？”

“嗯。”

“走吧，我开车送你。”不由分说地，陆谨言拉过米艾的手腕，两人一前一后走向停车场。

“下周就要去金三角地区拍戏了，好好准备一下。”陆谨言叮嘱她，“学业也要兼顾好，时间不够随时跟我说。”

米艾点头。

就这样，一句又一句，这个看似冷漠的男人说了很多关心她的话，直到引擎发动，他才沉默下来。

回到学校，米艾第一件事就是给周洛发消息：“你没事吧？哪里不舒服啊？”

周洛：“我没事，就是突然有点儿胃疼。”

米艾：“要按时吃饭，认真吃药，胃病要慢慢养。”

周洛：“嗯，我知道了。谢谢你米艾。”

看到他的回复，米艾悬着的心总算放了下来。

她忽然记起好像靳星之前在伦敦的时候就有胃病来着，他一直在喝一种调理的药，效果还不错，她得去问问他！

于是米艾急忙拨通了靳星的电话：“喂，靳星！”

“嗯？什么事啊？”电话那头传来靳星昏昏沉沉的声音。

“大哥，你该不会是刚起床吧？”

靳星打了个哈欠说：“什么刚起床？我哪有你说的那么糟糕啊……准确点儿说，我这是还没起床呢！”

米艾无语：“你……”

“哈哈……”靳星立刻恢复了正常语气，“和你做朋友真好，清晨起来逗逗你，心情美美哒！"

米艾纠正他："都日上三竿啦！还清晨？"

"好好好，米艾女士说得对！对了，你给我打电话什么事啊？"

"我想问你之前胃病一直在喝的那个药叫什么？"

"哦，那个药啊，你要吗？要的话我这里还有一堆呢，等下回给你送过去。"靳星忽然意识到问题所在，"等等！你也得胃病了吗？"

"不是我，是周洛。"

"哎哟喂！米艾你看看你啊，那天还口口声声说不喜欢人家，今天就急着给人家买胃药了！啧啧啧……"

米艾辩解道："真不是你想的那样！我现在当他的助理，理应照顾好他。"

"哎哟喂！都当人家助理了呢！前两天还看你俩传绯闻呢！这下好了，男明星恋上女助理，哈哈，估计又有一群写手为你俩书写年度大戏了！"

米艾无语："靳星！你再这么说话我可就挂了啊！"

"哎哎哎！别别别呀！有话好好说嘛！对了，等下一起逛商场吧，我刚好把药给你！"

米艾故意装出高冷："哦。"

靳星急忙使出大招："哎呀不要生气啦，我今晚请你吃大餐！一会儿见啊！"

商场。

靳星就像妈妈般为米艾挑选东西——

"我觉得这个包包超级适合你！"

"服务员你好，麻烦帮我把这个包起来！"

"这个眼影也很适合米艾！麻烦帮我把这个也包起来吧！"

"还有这个、这个、这个……都包起来！"

米艾震惊："我说大哥，你这是干什么呢？要把整座商场都搬回家吗？"

靳星纠正道："错！是搬回你家！"

米艾再次无语。

"米艾！"不远处忽然有个声音在喊她的名字。

米艾转头："婉儿？！"

南宫婉儿小跑着过来："真的是你啊！太巧啦！"

婉儿的身后还跟着一位眼熟的男生，身上挂着大包小包，活生生一副苦力男友的即视感。米艾定睛一看，那不是叶尘飞吗？！

米艾惊喜地捂住了嘴："你们两个是不是……？"

婉儿还没开口，叶尘飞急忙上前解释："不，不是你想的那样。我们只是——"

南宫婉儿替他解释道："我们就只是约着吃了顿饭而已，上次不是欠他一个人情嘛。"

米艾半信半疑地盯着叶尘飞提满了购物袋的手，不禁在心里吐槽：这到底是谁还谁人情啊……如果是还人情，怎么能让人家叶警官替她拎这么多东西……所以，这两个人一定有鬼！

正狐疑着呢，一声欢快又响亮的男高音自身后传来。

"米艾！都买好啦！"靳星开心地提着袋子走了过来，却被叶尘飞吸引了视线，"好家伙，这位帅到炸裂的小哥哥是谁呀？不知道你有没有兴趣当明星呢？"

米艾侧眼望去，此刻的靳星已然秉承了大导演父亲的优良传统，大有一副将所有优质面孔收入娱乐圈的雄心壮志。

她急忙趁婉儿和叶尘飞不注意，拍了一下靳星的手，提醒他不要太过明显。然后，凭借自己多年来化解尴尬的经验，缓缓开口道："来，既然遇到了就是缘分，我给大家介绍一下哈，这位是婉儿，这位是叶尘飞，我上次追小偷的时候认识的朋友。"

南宫婉儿微笑点头，反问："那米艾身边的这位男孩子是？"

"他是我在伦敦留学时的好朋友，靳星。"

南宫婉儿赞叹道："果然，优秀的人就连朋友都是优秀的。"

米艾的情商可是很高的，她成功接过了赞美，并且转化为对其他人的表扬："对呀，所以此刻在场的每一个人都很优秀，因为大家都是好朋友。"

大家不约而同地笑了。

正当米艾和婉儿准备继续往前走的时候，却看见靳星径直走向了叶尘飞，深呼吸，对着目瞪口呆的男生伸出了右手："你好，我叫靳星，很高兴认识你！我刚才的提议希望你考虑下。"

叶尘飞挠了挠头，似乎不太会应对这类场面："额……你、你好。很高兴认识你。不过我的职业是警察，并不考虑成为艺人，谢谢你的好意。"

靳星却丝毫没有退缩的意思，继续死缠烂打："没关系的警官，你不必着急给我答案，当艺人和成为警察之间并不冲突，你可以选择'既要'和'又要'，人生很多时候其实不是选择题。"

无法控制的想念

在事态扩大到无法控制的局面之前，米艾急忙出手阻止："对了靳星！我刚想起来，你今天不是要请我吃饭吗？我知道一家特别好吃的餐厅，我们快走吧，不然就排不到号了！"

就是这样，一气呵成。米艾不给他任何反抗的机会，一边跟婉儿和叶尘飞不好意思地笑笑，一边拖着靳星往外走。

"米艾你干什么呀？我什么时候说要请你吃饭了？我怎么不记得呀！"靳星不解地挣扎、喊叫。

"小点儿声，别嚷嚷。"米艾边说边捂紧他的嘴。

直到走出了商场，她才放开他，然后一副恨铁不成钢的样子："我的靳大少爷，您的人生字典里有没有收敛二字呀？就算要子承父业选拔优秀艺人，也不至于这么夸张呀。"

靳星疑惑道："哦，我知道了。刚才很夸张吗？我觉得还好啊！"

米艾叹气道："靳星，你不能强人所难啊。"

靳星点头。

后来，两人去吃了鱼头泡饼，饱满多汁的鱼头配着香甜可口的泡饼，简直就是不可多得的美味。大快朵颐一翻，以至于走出去的时候，米艾都不得不扶着旁边的靳星。

靳星有些不好意思地解释道："米艾抱歉啊，我的车还没挂牌，今天只能委屈你自己打车回家了。"

米艾摆了摆手："好朋友之间不要说什么抱歉不抱歉。正好在回家之前，我想在路边走走。"

夜幕深深，潜藏着凉意，丝丝缕缕，沁入万物。米艾不禁打了个冷战。这一瞬，路边的灯光似乎都显得格外刺眼。也就在这一瞬，米艾的脑海中倏然闪过那个周洛的身影——周恪。

她脑海中鬼使神差地浮现出之前的种种，周恪和周洛，这两个长相一模一样的男生，为什么总感觉怪怪的——既然他是周洛的双胞胎哥哥，那为什么不想提起周洛呢？难道兄弟俩有什么误会？

冷风扑在脸上，米艾的思绪瞬间被冷意拉回。她用力甩了甩自己的脑袋，试图把这些莫名其妙的想法全部甩走。

她在心底拼命告诫自己，不要再去打扰周恪的生活了，不管他和周洛之间发生了什么，她都没资格去调查。况且，他是警察，没时间陪她玩这些无聊的游戏。

米艾忽然想起来，是时候发个消息问问周洛胃疼怎么样了。于是她快速编辑，一条信息发了出去："现在感觉好些没？胃还不舒服吗？"

消息发送完，米艾立刻把手机锁屏，装回包里。她不敢看，却又随时注意着它是否会震动。

可能，那个时候米艾并未察觉到，这些下意识的举动，这些小心翼翼的关心，这些小胆怯和小期待，都是面对自己在意的人才会有的……

可是，走了好远，走了好久，他都没有回复。

可能，睡了吧……又可能，没看手机？或者……消息根本就没发过去？

她拿起手机再次检查，确实显示"已发送"。

米艾轻叹，有可能他看到了，只是选择了已读不回吧……

一回到家，她就看见爸妈在收拾行李。

米艾心下一空："爸妈，你们明天就要出发了吗？"

妈妈边翻找边回答："对啊！明天就出发了，我和你爸要赶紧收拾！"

爸爸一边手忙脚乱地归置一边对米艾说："小艾呀，你出过国，收拾行李经验多，快帮忙想想还差什么东西。"

米艾笑着挽起袖子："好，我来帮你们清点清点，一定不让你们落下一样重要的行李！"

夜幕渐浓。

行李收拾完毕，爸妈早已回房睡下。米艾却躺在被窝里翻来覆去，久久没有睡意。

一整晚，她都没有关机。试图等待着某个可能会弹出的消息。可事与愿违。整夜，手机屏幕一次都没有亮起……

初升的太阳耀眼，房间里处处洒满了光明。妈妈如往常一样来敲门："小艾呀，快起床啦！吃完早饭就送我们去机场。"

"好，这就来。"米艾揉了揉惺忪的睡眼，从被窝里钻出来，伸了个懒腰，然后拉开门走出去。

一步一步，她像往常一样趿拉着拖鞋走向餐桌。却在抬头的一瞬，对上了一双根本就不可能出现在这个家里的，陌生却又熟悉的眼睛。

"……楚涵墨？！"

他应声点头，微笑："米艾早上好啊。"

"啊——"伴随着一声狼嚎般的惨叫，米艾捂住自己的脸，迅速逃回了卧室。

"呼……"她背靠着门，大口大口喘着粗气。

老妈也真是的！家里来人怎么都不告诉一声啊？就这么蓬头垢面，没刷牙没洗脸，多丢人呀！

何止是丢人，简直是尴尬至极。

忽然，米艾听到了一些不合时宜的声音从客厅传来。她赶紧把耳朵贴在门上。果然，是老妈在笑。

"哈哈哈哈，墨墨呀你别介意，她一定是怪我呢，嫌我没提前告诉她你来家里了。小姑娘脾气哈哈！"妈妈说罢还补刀，"她自己蓬头垢面的，见到你觉得丢人喽！"

果然是亲生的……米艾躲在门后撇了撇嘴，亲妈不愧是亲妈，什么都往外抖，生怕别人不知道自己女儿的缺点。

不过，隔着门板，米艾却听到了楚涵墨的夸赞："阿姨说笑了，我倒是觉得，米艾刚睡醒的样子特别可爱。很真实，不做作。现在的社会，这样的女孩子越来越难得了。"

妈妈先是一愣，紧接着笑得合不拢嘴："哈哈哈，是吗？米艾哪有你说得这么好呀。"

"阿姨，没骗您，我从来都是说实话的。"

"啧啧，墨墨这孩子真是会聊天哟，句句都往人心窝子里送！"

隔着门板，米艾翻了个大大的白眼。然后刷牙洗脸，用最快的速度把自己收拾干净。然后，勉强应付完这顿尴尬的早饭……

半日约会

B 城机场航站楼。

米艾握住爸妈的手，依依不舍地说："爸妈，一路平安。"

妈妈泪眼婆娑："乖女儿呀，你一个人在家千万要小心！有什么事记得去找墨墨帮忙。"

爸爸也眼眶湿润："小艾，缺钱花就告诉爸爸啊，你一个人在家，可不能亏待了自己。"

米艾笑了笑，一手揽住爸爸，一手揽住妈妈："放心吧，我没事的。我出国留学可不是闹着玩的，那段时间充分锻炼了我独自生活的能力！你们两个就好好玩，多看看美景，多吃吃美食，不用挂念我。"

二老点点头，和女儿拥抱告别。

楚涵墨挥了挥手："伯父伯母一路平安！"

妈妈依依不舍："谢谢墨墨，再见。"

爸爸右手揽住妈妈的肩膀，左手冲他挥了挥："小楚再见，米艾就麻烦你多照顾了！"

楚涵墨依旧带着得体的笑："放心吧，我一定会照顾好她的。"

米艾在心里嘀咕，我一不是未成年，二不是重度残疾，谁要你照顾啊……

一道白色的弧线划过天空，爸爸妈妈就这样开启了他们美好的旅程，而她，也要开始自己的助理生涯了。

楚涵墨关切道："要回学校吗？我送你。"

米艾摆了摆手："不用了，我还有点儿事，打车走就好。"

她说完便转身，头也不回地走了。男生站在原地，目送着女孩如小鸟般雀跃的身影，嘴角竟不自觉地微笑了……

******

HD 娱乐公司。

米艾刚进门，就迎上了那个灿烂的笑脸。

"米艾！你这么早就来了？"

"嗯，你的胃怎么样了？还疼吗？"

"托你的福，已经好多啦。"

那一刻，在见到周洛之后，她甚至忘了去问他，昨晚为什么没回消息。而他也不提这个，就好像那条消息他根本就没收到过一样。

奇怪……

不过她还是决定暂时不纠结这个问题了。

"来，这个给你。"米艾把包里的药递给他，包装袋上面已经被她细心地贴上了便利贴，记录着每次的用量。

周洛的眼睛瞬间亮了，像极了朝阳下的小鹿："天哪，米艾，你也太细心了吧，我都不知道该怎么感谢你了。"

米艾有些不好意思："没事没事，不用谢我，作为助理，这些都是应该的。"

周洛想了想："对了，今天拍完广告，我有一下午的休息时间，如果你也刚好有空的话，不如我们一起出去——"

米艾瞬间抢答："好啊！"她一口应了下来，甚至都没等他问出完整的问题。

周洛先是一愣，然后唇角绽开灿烂的笑容："那就这么说定啦！今天下午的时间，你归我，我也归你。"

米艾点头，又迅速低头，脸颊不可避免地染上了几抹绯红。

拍摄时间。

镜头前的周洛帅气优雅，一举手一投足都足以摄人心魄。

米艾站在机位后面，专注地看着他。却在某个瞬间，恍惚中，透过那张熟悉的脸，看到了另一个人——

黑发的周恪，渐渐与金发的周洛，重合到一起！

米艾急忙拍了拍脑袋，让自己清醒过来。

她最近真的很奇怪，总会无缘无故地想起周恪。这样是不好的，也是不对的，更是无意义的。

他是一名警察，每天要训练，要救人，要惩恶扬善。他甚至……可能……都已经忘记了她这个路人甲，抑或是路人乙……总之就是一个不起眼的……过客。

而她还记挂着他，又何苦呢！

正想着，周洛朝她走了过来："米艾，我结束啦。走吧！"

"嗯，好。"

他环顾四周，轻扯了一下米艾的衣袖，示意她跟上来。

两人一前一后来到化妆间。周洛边关门边叮嘱："你先在这里等我一下，我去更衣室换下衣服。"

米艾点点头，目光在屋子里四处游走，找不到一个合适的落脚点。

忽然，她看见周洛的背包没有拉好拉链。于是走过去，想要替他拉好。结果一个不小心，瞥见了一个口红套盒，似乎还是限量版的。

米艾急忙触电般地松开了手，匆匆离开那里，回到椅子上坐好。她清楚地记得，第一天来的时候，他说要送她口红来着……该不会这个套盒就是给她的吧？米艾似乎被自己的想法吓了一跳。

但她又急忙在心里否定：应该不会的，这么一大盒，哪会送给一个小小的助理，肯定是给别人的。

"米艾？"

"啊！"

周洛忽然贴在她耳边喊她名字，把她结结实实吓了一大跳。

"哎哟，小姑娘有心事啊？"周洛看到她惊魂未定的样子，还不忘打趣她。

米艾急忙否认："不是不是！我就是没休息好，有点儿走神。"

周洛装出一副恍然大悟的样子："哦，原来是这样啊！时间宝贵，我们现在就走吧？"

出门前，他特意拿上自己的背包。这一幕恰好被米艾看得清清楚楚。

慌神的几秒钟，男生早已迈着大长腿走出去好远。

米艾急忙在身后大喊："周洛你慢点儿，等等我！"

周洛却越走越快："小短腿，加油追上来喽！"

"……"

米艾无奈，男人还真是至死是少年啊。幼稚鬼！

电玩城。

米艾再次肯定了自己刚刚的论调，果然很幼稚。

周洛一脸兴奋："怎么样，这个地方喜欢吧？"

米艾象征性地点点头，以示鼓励。

周洛继续滔滔不绝："我跟你说啊，工作累了的时候，就需要来这种地方释放一下自己，给心灵充充电！"

米艾说出了自己的担忧："可是，这种人多的场所，不会被狗仔拍到吗？"

周洛拍拍胸口，一副早有预案的样子："放心啦！今天下午，这里被我包场了，外面已经放上了'施工维修'的牌子。"

米艾由衷地竖起大拇指："不愧是你，'钞能力'真厉害……"

周洛开心地笑着，那唇角的弧度，似乎一点一点弯进了米艾的心里。

米艾急忙移开视线，不去看他："咳，既然时间宝贵，那就抓紧时间玩吧，别浪费了你包场的钱。"

有些悸动，是需要小心隐藏的……

他是人间理想

周洛看着专心致志的米艾,好奇地凑过来:"哎?你喜欢玩赛车类的游戏啊?"

米艾一脸焦急:"嗯,喜欢是喜欢,但我很菜,总是开个几米就死掉了。"

她盯着屏幕上的"Fail",丧气地垂下了头。

周洛挽起袖子:"来,我帮你通关!"

"……哎?"还没等米艾反应过来,周洛早已走到她的身后,伸出手臂环住了她。

"……!"她本能地想挣脱。

周洛的呼吸喷在她的耳侧:"别乱动,会影响我发挥的。"

米艾立刻保持不动,甚至连大气都不敢出一声。

下一秒,他的手自然地覆上了她的手,指导她如何操控。温热的呼吸停留在耳畔,丝丝缕缕,缠绕不休。

周洛的语气紧张了起来:"准备好,我们要开始了!"

"嗯……"

米艾可以清晰地感觉到,自己的脸上像有一团火在燃烧。

周洛全神贯注地说："左拐！前进！对！就是这样！转弯——！好的！……稳住！加速！漂亮！"

就这样，周洛握着她的手，通关了这场游戏。

"耶！"周洛一脸激动，"米艾你看！我们赢了！"

他松开她的手，欢呼雀跃，比着胜利的手势。

"哎？"周洛忽然俯身，凑近她，"你脸怎么红了？"

"没，没有吧，"米艾很紧张，甚至开始结巴，"我、我就是，太热了。对！太热了！你没觉得热吗？"她一边磕磕绊绊解释，一边摇着双手为自己扇风。

"哦？哈哈哈哈哈……"

不知道为什么，总感觉他的笑声里面，信息量有点儿大……

周洛终于止住笑："对了，我有东西要给你。"

米艾僵住。该不会是……

当他把东西递到她眼前的时候，证明她之前的猜测是对的——果然，是那盒口红。

周洛解释道："上次答应你的，这些都是适合你的色号，快拿着。"

米艾连忙拒绝："不不不，这太贵重了，我不能收。"

他不由分说地把盒子塞到她手里，帅气的脸上写满了诚恳："我送助理礼物，感谢她那么辛苦地工作，这不是很正常吗？"

米艾似乎被说服了："也对。"

周洛继续说道："是吧？所以这位助理同学，就把礼物收下吧！"

米艾接过来："那就……谢谢你了。"

周洛如释重负："不用谢，接下来是抓娃娃时间，我们去那边吧。让你看看什么叫作百发百中！"

米艾质疑："你确定？"

周洛信誓旦旦："那还有假？你喜欢哪个我就帮你抓到哪个！"

米艾抬起脸，望着他眼睛里的笑意，如一汪浅浅的湖畔，让人格外心安。

透过玻璃罩，米艾俯视着娃娃机，琳琅满目的小公仔乖乖地躺在里面。这是她第一次体验到包场电玩城的感觉。不得不说，还不错。

"喜欢哪个，选好了吗？"

"嗯……就这个小兔子吧。"

"好！"周洛走近娃娃机，满脸笑靥，胸有成竹。

他投了两个币，口中念念有词："来来来，小兔子，快点儿跟我回家吧！"

他目不转睛，专心操控着机械臂。

此刻的米艾，激动得心脏都快提到嗓子眼了。

"可爱的兔兔，快快去找你的米艾小姐吧！"在他话音刚落的一刻，兔子也被成功地抓了起来。

米艾又惊又喜，那种感觉，很奇妙。该怎么形容呢，一个男孩对女孩的许诺，没有食言。是心安，是信赖。

周洛笑着把兔子玩偶送进她怀里："怎么样，我是不是说到做到了？再看看还想要哪个。"

米艾再次对他竖起大拇指："百发百中的周洛先生，这次我想要那个小猪佩奇，可以吗？"

"当然可以！"

"下一个是小黄人！"

"没问题！"

"我还想要……"

"你想要多少都可以。"

米艾似乎完全沉浸其中了，她兴奋地抓着周洛的手臂，从这个娃娃机走到那个娃娃机，怀里的玩偶肉眼可见地增多。

米艾感慨道："诚不我欺，果然是百发百中。"

周洛听完，得意地抬手，撩了撩自己额前的碎发，并摆了一个超级酷的姿势："怎么样，有诚信的男生是不是很帅？"

米艾忍俊不禁："确实帅，但你这话听起来……"

他瞬间紧张了起来："我这话怎么了？"

"咳，多多少少有点儿油腻了。"

"……油腻？米艾你是不是近视了啊！我明明玉树临风，如仙男下凡，你居然用油腻来形容我？"

看着男孩吃瘪后着急辩解的样子，米艾忽然觉得心里暖暖的。

会笑，会闹，知冷知热。似乎，这样的男孩才是人间理想吧……

米艾忽然想起来："哎，我刚说的路飞，你怎么没给我啊？他那么帅。"

周洛撇撇嘴："不抓他，因为今天下午最帅的男生必须是我。"

他顿了顿，又继续补充："如果你非要帅哥玩偶的话，公司里倒是有一堆我的周边娃娃，改天送你几个。"

"……"米艾又无奈又想笑。哈，男人这该死的胜负欲……

下一秒，她就被他不由分说地拉住手臂，离开了娃娃机区域。

"米艾，是时候活动活动筋骨了，我们来玩投篮吧！"

米艾犹豫了。她抬头看了看篮筐的高度，又比了比自己的身高，欲言又止。

周洛看着她局促的样子，心里猜了个七七八八。

打量着四周，他的眼睛忽然一亮："如果你是怕自己身高不够的话，那么……办法总比困难多！"

"……？"

米艾根本来不及反应，男生就已经走到她的身后，伸出手臂箍紧她的腰，然后稳稳地把她腾空举了起来："这样你就够高啦，放心地投吧！"

她的脸瞬间烧了起来。

感受着他掌心的温度，她忽然有那么一瞬间的恍惚。

如果时间能够定格在这一刻，该多好啊……

异床同梦

再后来，他们试遍了电玩城所有的项目，终于玩累了。

"米艾，你饿不饿？"

"有点儿。"

"走，带你去吃好吃的。"

"可是还没到晚饭时间啊……"

"那更好，人少的话，我们不用排队。"

"嗯，有道理！"

那天，米艾第一次见识到周洛的吃货本性。1888元一位的海鲜自助，她感觉他就快要吃回本了……

"米艾你快吃啊！这个龙虾味道绝美！这个北极贝也不错！还有这个……这个……你太瘦了，要多吃点儿！对了，还有这个甜虾，吃了可以长个子！"

她脸一黑："还真是哪壶不开提哪壶，我谢谢你啊。"

后来，两人吃得肚大腰圆，才慢吞吞地走出了餐厅。

周洛拿出手机一看，语气有些变了："米艾，刚刚蕊姐发消息，让我赶紧回去。抱歉啊，不能送你回家了。"

"没事没事，我自己可以的。你快走吧，别耽误了正事。"

就在她即将转身离开的时候，他忽然拉住了她的手臂。

"米艾！"

"嗯？"

"这个还你。"

她定睛，看到一条金色的发带。

周洛解释道："很抱歉，你在伦敦帮我包扎伤口的那条蓝色发带我弄丢了，就按照原来的款式重新买了一条。我觉得，比起蓝色，还是金色更适合你，像阳光一样。"他一边说着一边缓缓走近她，轻轻挽起她的长发，有些笨拙又有些紧张地替她绑头发……

"终于大功告成！"欣赏着自己的杰作，周洛长长地舒了一口气，随后举起自己的手机，打开前置摄像头，"来，米艾，看这边！"

咔嚓——

夕阳浅浅地晕开，照片里的两人似乎染上了一层柔和的金边。

周洛满意地收起手机，挥了挥手："米艾，再见。"

"嗯，明天见。"

他走了几步又突然回头："谢谢你愿意陪我，我今天特别开心。"

她向他报以同样的微笑，挥手告别这个阳光灿烂的大男孩。那句没对他说出的话，就这样沉在了心海——

"嗯，我今天也特别开心……"

米艾刚回到家，就收到来自陆谨言的消息——

陆谨言："明天下午6点，你有时间吗？"

米艾："有时间，陆总您有什么事？"

陆谨言："和美国人谈一个项目，需要你做翻译。"

米艾："好的，没问题。"

回完消息，米艾慵懒地窝进沙发里，忽然想起来下周就要跟着剧组去金三角了，她甚至连这个地方都没了解过。于是，便在搜索引擎里输入关键词，开始查看——

"金三角是指位于东南亚的泰国、缅甸和老挝三国边境地区的一个三角形地带，"米艾自言自语地念了出来，"这一地区长期盛产鸦片等毒品，是世界上主要的毒品产地……"读到这句的时候，她握着手机的手忽然僵住了："这么危险的地方？剧组也太拼了吧！"

******

警局。

叶尘飞手撑着桌子，语气严肃："周恪，你为什么要选择去当卧底？你知不知道这很危险！"

夜很黑，灯光照射在两个年轻人的脸上。窗户半开着，雨点混着冷风侵袭进来。周恪淡淡回应："我想当卧底，这需要理由吗？"

叶尘飞的声调不自觉抬高："可是你不要命了吗？你才当警察多久啊，就去挑战这么危险的任务！是，你血气方刚我不怪你，可是你绝不能拿自己的生命开玩笑！"

"我的生命……"周洛缓缓抬起脸，定定地望向窗户外面的雨幕，"我的命是命，其他人的命就不是命了吗？"

周恪顿了顿，语气里透出坚决："如果我不去，还是会有其他人来接下这个任务……倒不如，让最想去的人来完成。"

那声线略显低沉，混着雨声，周恪一字一句地陈述着自己内心的想法。

隐隐地，那双深邃的眼眸，蔓延上了一层浓郁的雾气。

叶尘飞双手紧紧握拳，又缓缓松开。许久，他终于妥协，"好吧……到时候我会去金三角接应你。"

周恪点头："好。"

叶尘飞不忘叮嘱："你一定要随时打开手机定位，听到了吗？"

周恪继续点头："好。"

叶尘飞继续叮嘱："有危险一定要立刻通知总部！"

周恪的表情没有半点儿波澜："好。"

******

夜，深了，雨还在不停地下。

米艾苦恼："唉，怎么又失眠呢！"独自在家的她躺在床上翻来覆去，久久不能入睡。

而此时此刻，同样失眠的，还有周恪。他在心底默默发誓："父亲，我一定会替您报仇。"

不同的空间，相同的时刻。男生和女生同时把脸蒙进了被子，过了三秒又同时掀开，同样深呼吸。

米艾叹道："睡神，求求你快来吧！我可是要在本周之内写完毕业论文的！容不得如此失眠啊！"

周恪自言自语道："该睡了……养精蓄锐，下周就要深入毒枭内部了。这次的机会来之不易，只许成功，不许失败。"

雨声渐渐变小了。两个人同时翻了个身，侧躺着闭上眼睛，慢慢地进入了梦乡……

那一夜，她的梦里有绚烂的太阳，他的梦里有忧郁的月光……

******

肖蕊的河东狮吼如约而至："周洛！快起床啦！"

经纪人当久了，肖蕊就如同周洛的亲姐姐一样，事事替他操心。

"蕊姐，你怎么这么早啊！我还没睡醒！"周洛翻了个身，使劲抱紧了被子，全身上下每一个细胞都在抗拒。

"你呀你！"肖蕊无奈地摇了摇头，边笑边拍着他的肩膀，"都多大了，还在这儿跟我撒娇呢。快起来，今天上午约了楚先生来给你治疗。"

周洛鬼哭狼嚎："啊……是上次那个文质彬彬的楚涵墨医生吗？"

"对，就是上次那位医生。他很有名，很抢手的。我好不容易才帮你预约了今天的治疗。"

周洛欲哭无泪："我可不可以拒绝啊？"

肖蕊语气严肃："你觉得呢？"

"哦……"

周洛极不情愿地起床，洗漱，吃饭。

叮咚——

肖蕊急忙起身："应该是楚医生到了，我去开门！"

周洛确诊

果然，楚涵墨如约而至。他礼貌地打了声招呼："早上好。"

肖蕊连忙递上拖鞋："早上好！楚先生快请进！周洛刚好吃完早餐，麻烦您去他房间治疗吧。"

楚涵墨点头，周洛极不情愿地带他去了自己房间。

关上门，周洛一脸视死如归："好了，你可以拿出你那个什么催眠摆锤了。"

说完便半躺在了椅子上，等着接下来的治疗过程。

楚涵墨微微一笑："很抱歉，让你失望了。"

周洛不解："什么意思？"

楚涵墨没有回答，直接从包里拿出来一沓厚纸牌样的东西，说道："我这次带的不是小摆锤，是多米诺骨牌。来，麻烦你把它们一个挨一个地摆好。"

"为什么摆这玩意儿啊？这么多纸牌也太费时间了。"

"不能怕麻烦，这是你治疗的一部分。"

周洛认命："好吧……"

一个、两个、三个、四个、五个、六个……周洛小心翼翼地摆着多米诺骨牌。

"啊！倒了！"

楚涵墨安慰道："没关系，再来一次。"

周洛再次表达出拒绝："一定要这样吗？"

楚涵墨满脸严肃："这是治疗，你要对自己负责。"

周洛垂下头，继续着刚才的动作……

一个、两个、三个、四个……多米诺骨牌渐渐被堆叠了很多。

楚涵墨从包里拿出了一个小型音乐播放器，按下开关，柔和的音乐缓缓流淌。

楚涵墨："专心……好，就是这样。想象你现在正在做着自己最喜欢的事情……你面前有你最亲近的家人……你一步一步，走过去，走近他们……"

伴随着舒缓的音乐，金发男孩似乎一点一点放慢了手中的动作。在楚涵墨轻柔的声线里，周洛缓缓闭上了眼睛。

楚涵墨："告诉我，你看到了什么？"

周洛："妈妈。"

楚涵墨："她在做什么？"

周洛："不！不！不要——！"

周洛似乎看到了什么可怕的东西，他突然惊叫了起来。

楚涵墨："别怕，告诉我她在做什么。"

周洛："她、她在拉着那个怪物！"

楚涵墨："那个怪物是谁？"

周洛："他是个冷血动物！可恶又可恨的怪物！"

结合肖蕊告诉自己的故事，楚涵墨大概猜到了周洛的病情起因。

哗啦——

楚涵墨一下子推倒了所有的多米诺骨牌，周洛应声睁开了双眼。

楚涵墨缓缓收起道具："周洛先生，本次治疗到此结束。"

周洛满脸都是汗："楚医生，我看您的表情有些异样，是我的病情又加重了吗？"

楚涵墨摇头："肖蕊女士不允许我告诉你。"

"可这是我自己的身体，你也说了我要对自己负责！"周洛焦急地说道。

楚涵墨一言不发，默默收好道具，准备出门。

周洛伸手挡住他，追问："请告诉我。"

楚涵墨叹气，终于还是决定破例一次："你已经完全分裂成了两个人格，白天是一个，晚上又是另一个。"

周洛震惊不已，"我有两个人格？"

楚涵墨点头："嗯，并且这两个人格互不知晓，互不干涉。"

周洛满脸惊恐："那现在的我呢？现在的我，并不是全部的我自己，只是其中的一个人格，对吗？"

"对，"楚涵墨安慰道，"别担心，你现在的病情还可以控制并治疗，我只是有些顾虑……"

"什么顾虑？"

"如果你的两个人格知道了彼此的存在，会抢着占领你的主心智，"楚涵墨的语气很严肃，"很有可能，两个人格都想以自己的人生观和价值观活下去……"

周洛觉得眼前发昏，怎么会这样？

楚涵墨再次用专业的口吻安慰道："不要恐慌，这个还是有可能避免的。来，在这个笔记本上画一个时钟。"楚涵墨把笔记本和笔递给他。

金发男孩握紧手中的笔，在笔记本上画了起来。

几分钟后，周洛停笔："画好了。"

楚涵墨伸手："来，给我看看。"

当他接过画，看到那个时钟的瞬间，心脏蓦然沉了一下。

这个钟，他居然画成了这样——

钟的外圈还勉强算是一个椭圆，但数字和指针却完全乱了套。所有的数字集中在右下角，时针和分针集中在左下角。

正当楚涵墨不知该如何组织措辞的时候，周洛却开了口："楚医生，你给我的这个画钟的任务我不太理解。我就算有心理疾病，也不至于连个钟表都画不好吧。"

周洛还以为他画了一个完美的钟。因为在他眼里，纸上的钟是一个完美的圆，1 到 12 这些数字均匀分布在圆的外圈，指针自圆心出发，分别指向左右两侧。

楚涵墨下意识地摇头，他为眼前这个男生感到揪心！

无法画出一个完美的钟，这是压力过大引起的轻度阿尔茨海默病，也就是认知障碍的一种……

周洛意识到有些不对："楚医生，你怎么不说话了？有什么问题吗？"

楚涵墨不想告诉他如此残忍的事实，选择了善意的隐瞒："没事，你的病没什么大碍。明天我会给你开一服药，应该可以控制住。"

周洛如释重负："谢谢你，楚医生。"

楚涵墨摆摆手："不客气，告辞。"

******

下午 6 点，米艾如约来到总裁办公室。

咚咚咚——

"请进。"

米艾应声推开门："陆总，您昨天说要和美国人谈一个项目，需要我过来帮忙翻译，那……"她打量了一下空空如也的办公室，这里除了陆谨言和自己并无其他人。

陆谨言坦白："抱歉，让你来帮忙翻译这个理由是我编的。"

米艾不解。

"很抱歉用这种方式让你过来……"西装革履的陆谨言微微颔首，眼底闪过黯淡的光芒。

米艾有些担心："陆总您没事吧？"

陆谨言摆摆手，却是答非所问："陪我去个地方吧……"

他的白月光

米艾愣怔。

陆谨言再次询问：“陪我去个地方，可以吗？”

米艾本想拒绝，但看着陆谨言一脸恳切的样子，这还是她第一次看到雷厉风行的总裁流露出如此脆弱的一面。

一念之间，心生恻隐。

“好。”她还是答应了。

坐在陆谨言的车上，从副驾驶的窗户向外望去，北京的夜，灯火璀璨。

车内的暖气开得很足，玻璃窗渐渐蒙上了一层雾气。

陆谨言冷不丁冒出一句：“米艾，谢谢你。”

“谢谢你愿意陪我……”

突然拖长的语调，使得女孩有些不知所措。要不是亲眼所见，她真的很难想象，一个在商场上叱咤风云的男人，也会有如此脆弱的一面——看上去不堪一击。

米艾犹豫了许久，还是开口：“陆总，冒昧地问一句，我们这是要去哪儿？”

“去看一个人，”陆谨言如实回答，“一个在我生命中非常非常重要的人……”

车子行驶在夜色里，通往郊外的路上车辆渐少。

米艾继续追问："既然是对您很重要的人，那我跟着会不会不太合适？"

"不会不合适，"陆谨言望向窗外，眼底溢满了悲伤，"因为……她已经不在了……"

米艾急忙道歉，"对不起，我不该问的。"

陆谨言又一次自说自话："在三年前的今天，她永远地离开了我，离开了这个世界……"

那一刻，米艾觉得全身都开始发冷。

不知为什么，她脑海里下意识地浮现出第一次见到周洛时的场景。

那天是他父亲的祭日……

陆谨言提醒她："到了。"他停好车，为米艾拉开副驾的车门。

脚尖落地，米艾环顾四周。在他们面前的，是一片郊外的墓地。跟随着陆谨言的步伐，米艾看到了一块纯白的墓碑。那上面是一个年轻女孩子的照片。

没等米艾询问，陆谨言就先开了口："她是我的前女友。"

米艾心脏一紧。

陆谨言一边说话，一边把花束轻靠在墓碑上。他缓缓地俯下身，指尖轻抚着那张黑白的照片："都怪我……要不是我，她不会走的……"

此刻，米艾的心里涌上一万个疑问，而陆谨言却依旧自顾自地说着："我们大学的时候就在一起了，感情一直很稳定。可是那个时候我没有钱，我很想给她更好的未来，所以我就去创业……却也因此忽略了她的感受，疏于陪伴……直到后来我才知道，她瞒着我偷偷去当明星助理。为了多赚钱，为了帮我分担经济压力……"

米艾一惊：明星助理！她现在不也是在做这个职业吗？

如此之巧合，她的心里隐隐升起一股不安。

陆谨言的语气越来越低沉："后来，她在一次聚会中，被不怀好意的人在杯子里放了毒品，从此便染上了毒瘾……尝试了很多办法都戒不掉……"

米艾听得心尖发颤。

"再后来，她觉得无颜面对我，就把自己关在房间里，拒绝见我。这个傻姑娘，独自一个人走上了天台，一跃而下……而那天，刚好我要回家告诉她，我的公司注册成功了……"

男人的声音里透着哽咽，以及无底的悲伤。

米艾在心底默念着那个词，毒瘾……

不知为什么，她的心里有一种强烈的直觉。她感觉这次的电视剧之所以要去金三角拍摄，绝对没那么简单……

夜风很冷，陆谨言的声音有些发颤："我的公司之所以叫 HD，那是她名字的首字母缩写。HD，胡迪。"

胡迪？

米艾好像在哪里听过这个名字，却又一下子想不起来。

"胡迪是我同父异母的姐姐。"米艾惊诧地看向声音传来的方向——是胡菲！她刚才说她有个同父异母的姐姐，叫胡迪！

胡菲质问陆谨言："所以，那个害姐姐自杀的人，就是你？"

冷冷地，胡菲一步一步走近陆谨言。

而他只能一遍又一遍地道歉："对不起，我很抱歉……真的很抱歉……"

胡菲冷笑："道歉可以把我姐的命换回来吗？"

陆谨言心痛万分："我可以给你们补偿……我真的很抱歉……如果可以，我甚至想自己去死，来换你姐姐的生！"

"呵呵，这种漂亮话谁都会说，"胡菲凛声道，"你知道吗？因为染上了毒瘾，我爸都不认我姐这个女儿了，因为他觉得在亲戚面前丢人！我妈也不敢提起她，生怕戳到我爸的痛点……没了我姐，我爸不再去工作了，就靠我妈一个人打工赚钱，我大学的学费又很昂贵，这种捉襟见肘的日子，你堂堂大总裁能理解吗？"

米艾看着歇斯底里的胡菲。恍惚间，她觉得眼前的闺密变得好陌生。

时光仿佛被按下了慢放键。

许久，胡菲再次开口："你如果真想补偿，那就娶了我吧。"

米艾急忙上前，抱住她，"菲菲！你疯了吗？你知道自己在说什么吗？"

此刻的陆谨言彻底僵住，惊诧到说不出一个字。

胡菲却继续步步紧逼："你不是原来想娶我姐的吗？既然她死了，那我来替她啊。"

"菲菲！"米艾失声喊叫，"菲菲，你清醒一点儿啊！你怎么能替你姐姐嫁人！"

"抱歉，我不能答应你这个要求。"陆谨言定了定神，从钱包里拿出一张黑卡，递给胡菲，"这是一张可以无限透支的信用卡，你拿去吧。"

陆谨言见她没接，便上前一步，把卡放到胡菲的手里："这本来是给你姐姐的订婚礼物，现在给你吧。"

说罢，他转身面向胡迪的墓碑，深深地鞠了一躬！

******

HD 娱乐公司。

灯光照射在空荡荡的房间里。肖蕊手里晃着红酒杯，无奈地叹息。

周洛又分裂出黑发的人格了，看来他的病情并没有减轻！

那之后去金三角，还得请求楚先生为他随行治疗……

******

郊外的基地。

陆谨言提醒道："不早了，我送两位回去吧。"

米艾急忙拉着胡菲上了车后座，随后便是一路疾驰。

快到学校的时候，她忽然看到两个身影一晃而过，闪进了旁边的小巷子。

就像一束清冷的白月光，倏然间刺穿了她的心海。

米艾下意识地大喊："停车！"

陆谨言看了看窗外："不是还没到学校吗？"

米艾焦急不已："他遇到危险了！快停车！！"

主动牵起的手

米艾的内心涌上一股强烈的恐惧，声音里透着细碎的颤抖。

咻啦——

车子刹住了，米艾不顾一切地打开车门冲了下去。在那个灯光昏暗的巷子里，她看到了倒在地上的男生。

"周恪——！"

黑色的头发微微晃动，他紧紧捂住自己的左臂。

"周恪！"米艾的声音里全是哭腔，"你没事吧？"

周恪缓缓侧目："怎么是你……"他的语气很虚弱。他的左臂正在流着鲜血，脸色苍白如纸。

米艾看着那个触目惊心的伤口，连忙说道："周恪，你受伤了！走！我送你去医院！"

"不用了。小伤。"周恪强忍着疼痛，额上渗出一层又一层的汗珠。

米艾失声大喊："不要嘴硬了可以吗！你一直在流血，必须马上去医院！"

米艾也不知道自己是怎么了。明明是伤在他的身上，她却仿佛比他更痛！

周恪的唇是苍白的，他努力表现出正常的样子："我没事。"然后便挣扎着要起身。

她一把将他的肩膀按住："你必须去医院。"

女孩的声音并不大，却在这个寂静的夜里显得尤为清晰。

下一秒，她解开自己的金色发带，一圈一圈绑在了他的伤口上。

"你……"男孩默默地望向女孩——她那张精致的脸庞，满是焦急和关切，在灯光下显得格外美好。

这份关心，是给他的……

"现在打不到车，医院离这里不远，我送你去。"米艾把男生的手臂搭在自己的肩膀上，用尽全力把他扶起来。

"放开我，我自己可以。"

"周恪！"米艾忽然停住了脚步，仰起脸望着身旁的男生，语气坚定，"我记得你那天跟我说过的话，你说你不喜欢跟别人浪费时间。我记得清清楚楚，我不会浪费你一分一秒！我今天之所以来帮你，不是因为我没记性，是因为你受伤了，你需要帮助。我不想看到你有危险。"

一字一句，都是女孩的倔强与坚持。

夜风忽起，女孩的发丝一缕一缕被吹乱。

男生左半边的心脏，忽然间跳得乱了秩序……

"周恪，学着去接受别人的好意吧……"米艾的声音柔了下来，"你不必一直当英雄的。不必一直像个刺猬一样，用最坚硬的刺去面对世界。你可以展示自己的脆弱，因为……总有人会懂你，会帮你，会义无反顾地站在你这边。"

女孩温润的容颜在他心底投下斑驳的光影。

周恪没再拒绝，任由她扶着自己向前走……

米艾像个姐姐一样一路唠叨："你这个伤口需要让医生仔细检查一下，看看深不深，是不是需要打破伤风……"

月色清浅，夜晚的空气里似乎飘荡着淡淡的花香。

女孩喋喋不休地唠叨着，她甚至都没注意到，身侧的男生一直目光灼灼地看向她，从未移开过分毫……

医院到了，米艾还没走进去就开始喊人："医生！这里有人受伤了！"

这段路，周恪似乎觉得还不够长——这是第一次，他那么渴望，时间可以在他们之间，多停留片刻。

医生问："是怎么受的伤？"

米艾替他回答："他是警察，在追歹徒的时候被刀刺伤的。"

医生点点头："来，坐到这边，我检查一下你的伤口。"

周恪按照医生说的坐下来，但他的目光却控制不住地飘向米艾所在的方向。

检查完毕，医生边填病例边说道，"没什么大碍，包扎一下就可以。我再给你开点药，口服的和外敷的，按时换药，过几天就能恢复。"

米艾惊喜万分："谢谢医生，您开方子吧，我去拿药！"

医生在纸上唰唰写了几行字，撕下一页递给米艾。

在她接过去的那一刹那，看到处方下面的医生签名，米艾的眼睛里忽然迸射出兴奋的光彩："袁野师兄？真的是你吗？"

医生有些疑惑："你……认识我？"

周恪的脸色稍稍有些不悦，但他们两个完全没有注意到。

米艾解释道："袁野师兄，你可是我们学校的大红人，全校的同学可都认识你！"

袁野尴尬一笑："这么夸张的吗？"

"一点儿都没夸张！之前学校的各种晚会，你都是主持人。你还是学霸，连跳好几级，我们当然都认识你！"

"学妹过奖了，"袁野注意到了周恪的醋意，嘴角不自觉地咧开，"所以，这是你男朋友啊？"

"不是不是！"米艾急忙矢口否认，"他不是我男朋友！"

在她否认的那一瞬，周恪的心蓦然沉了下去。

米艾又补充道："我们只是……只是普通朋友……而已。"

周恪的眼眸，光芒隐匿。

"原来如此，我还以为是男朋友呢，"袁野忽然话锋一转，"该不会师妹现在还是单身吧？"

米艾有些尴尬："我还是先去拿药吧。"

她匆匆逃离现场，跑着赶到取药窗口，气喘吁吁。

医生的房间里，袁野正在给周恪包扎，同时两人也在较着劲——

袁野："既然你不是她男朋友，那你们是什么关系？"

周恪："你作为医生，问这种问题，会不会有点儿越界了？"

袁野："咳，就随便问问。"

深秋的夜晚，竟也添了几丝冬日的寒冷。周恪微微侧目，看向窗外的白月光。

许久，周恪补了一句："依我看，你们学校男生的质量，也不过如此。"

袁野反问："什么意思？"

周恪不置可否："字面意思。你不是学霸吗，怎么会听不懂？"

袁野刚想反驳,却听见外面传来女孩的声音:"药拿回来了!"

门被推开,两个男生也一下子恢复了正常。

周恪起身:"没什么事的话,我们就先告辞了。"

米艾有些意外:"你确定没事了吗?你自己能走路吗?"

"啰唆。"这一次,是他主动牵起她的手。冰冷,却难掩温柔。

是她的替身吗

咚……咚……咚……

那一刻，米艾清晰地听到了自己心跳加速的声音，一声比一声剧烈。

周恪问她："你家在哪儿？"

"……啊？"正在走神的米艾一时间没反应过来。

周恪耐心地重复了一遍："你家在哪儿？我送你回去。"

米艾终于回过神来："哦！我家在橙光小区6号楼6单元601室。"长长的地址，一口气说完。

她这副憨态可掬的样子，让周恪的心里不禁有暖流涌过。他低声道："上车。"

米艾有些恍惚："……上车？"

周恪的手依旧没有松开，拉着她走到了警车旁边，然后贴心地替她打开车门。

"女孩子独自走夜路，不安全。"

正当他要转身走去驾驶座的时候，米艾下意识地喊出他的名字："周恪。"

"嗯？"

微凉的夜，呼出的气息都泛着乳白色的雾气。

隔着一米远的距离，米艾笑着对他说："谢谢你！"

　　男生没有回应，只是默默地坐进了驾驶座，提醒她："系好安全带。"

　　米艾照做。

　　周恪依旧是面无表情的样子。可女孩却不知道，此刻的他，心底翻涌着多少难以控制的情绪。

　　引擎发动，车子驶向了前方。

　　而此刻的小巷子口，陆谨言站在清冷的风里，全程注视着这一切……

　　周恪踩住刹车："到了。"

　　米艾开门下车："谢谢你送我回来。"

　　"是我应该谢你。你的发带，我会洗干净还你的。"周恪自己都没意识到，他的话好像渐渐多了起来。

　　米艾笑着答应："嗯，好。"

　　周恪转身，想了一下又折回来："还有，独自一人的时候，不要总在晚上出门，很危险。"

　　"如果……"他的声音忽然间变得很小。

　　米艾听不清了："嗯？如果什么？"

　　"如果……"这是周恪第一次体会到，原来紧张的时候说话，真的是会变得磕磕巴巴，"如果你非要在晚上出来，有需要的话，可以联系我。"

　　他低头，从她的手里拿过手机。

　　指尖触碰到彼此的那一刻，羸弱的温暖驱散了寒冷。

　　周恪按下一串号码，打给了自己："这是我的手机号，以备你不时之需。"

　　米艾点点头，郑重地说了句"谢谢"，然后她目送着他的车走远。

　　他在后视镜凝望她的表情。万年的冰山脸上，忽而在唇角染上一抹笑意。

　　叮——

手机提示音响起。

滑开消息，米艾看见了这样一段话——

肖蕊："米艾，我们下周一和剧组出发去金三角。这两天先不用来公司了，好好休息。"

米艾："好的蕊姐，我知道了。"

关掉手机，米艾软绵绵地窝进了沙发里，心里却隐隐升起一丝失落。

看来只能过一段时间才可以再见周洛了……

嘟嘟嘟——嘟嘟嘟——

手机剧烈震动，是一通未知号码来电，米艾急忙滑开接听键。

陆谨言："喂，小迪，小迪你听我说……"

米艾："是陆总吗？我是米艾。"

陆谨言："米艾啊……你不是小迪……"

米艾："陆总，您喝酒了？"

陆谨言："酒？没有没有，我没喝，我喝的是水，哈哈。"

米艾："您喝醉了，赶快休息吧。我要挂电话了。"

陆谨言："不！小迪，你不要离开我！"

陆谨言："你不要走！"

米艾第一次听见陆谨言满是恳求的声音！

一次是巧合，两次是巧合，那么很多次之后……就不再是巧合了。

聪明的她当然知道这是为什么。陆谨言之所以要给她打电话，这根本不是巧合。

那天在墓地，米艾看到了他前女友的照片。她和胡迪，整体的气质很像……尤其是那双眼睛，笑起来如月辉般温暖明朗。

米艾没有挂断。那一晚的电话里，陆谨言断断续续地说了很多。

是她的替身吗　　107 /

米艾没有再回应，默默把手机开了免提，躺在床上静静地听着。

陆谨言："米艾，我也不知道为什么……为什么你会和她长得那么像！就当作我太自私好了，我只是想……想你不要走得太远……至少……至少可以让我自欺欺人地麻痹自己……至少让我觉得，她还在我的身边……"

再后来，困意终于席卷了米艾所有的神经细胞。柔软的棉被，舒适的枕头。空调的暖风缓缓传送到她的身边。梦里，有银色的月辉，有洁白的羽翼，还有遥远天际那抹若隐若现的晨曦……

此时此刻，一束柔和的灯光笼罩着周洛。他正在伏案写着什么东西，神情专注而郑重……

"懒猪起床啦！懒猪起床啦！……"

米艾双眼无神地按掉闹钟，揉着乱糟糟的头发，不情愿地从被窝里爬起来。

此刻，金发男孩的闹钟也响了，他伸了个懒腰，掀开被子下了床。

不同的空间，两幅画面却出奇的一致。

男孩和女孩同时走去了洗漱间，同时强迫症一般地盯着牙膏，然后从底部开始挤。

米艾："一厘米！OK！完美！"

周洛："耶嘿！又是完美的一厘米！"

接下来，两个不同的画面里，一男一女分别开始对着镜子一边刷牙一边自言自语。

米艾："米艾呀米艾！你可不能再熬夜了，下巴都长痘痘了！"

周洛："哎呀，黑眼圈都出来了！以后一定要早睡觉！"

再然后，两个人几乎同时换衣服，换鞋子，把发型整理到自己满意为止。然后同时推开了家门。清晨的阳光拥抱着他们，美好的一天又开始了。

米艾高喊："今天一定要把论文的最终稿完成！谁完不成谁是小狗！"

"哎哟喂！发这么毒的誓啊？"突然从身后冒出来的靳星吓了米艾一大跳。

米艾差点儿打他："你怎么神出鬼没的？吓死我了！"

靳星打趣她："不用发这么毒的誓，你要是完不成论文，不用变小狗，请我吃一顿盘古七星就好了！"

米艾使出河东狮吼："靳星！！！你是不吃穷我不罢休啊？"

她说着就要去揪靳星的耳朵，结果被他成功躲开了。

靳星求饶："你别这么暴力嘛！我话还没说完呢！"

"给你三十秒，快说。"

靳星终于喘了口气："如果你按时完成论文的话，我就带你去逛商场，你这次去金三角的所有装备，统统我买单！"

米艾喜笑颜开："一言为定！"

她和靳星击了掌，满血复活地直奔学校图书馆。

此时此刻，正在车里闭目养神的周洛忽然睁开了眼睛："我是不是忘记带钱包了？"说着，他急忙去背包里翻找。

结果，一张被折得整整齐齐的信笺闯入了他的视线。

这是……？

忽然间，有一种不安的预感笼罩在他的心头。他把信纸展平，定睛细阅——

"周洛，你好。我想你应该已经知道我的存在了……"

另一个我，你好吗

　　周洛看着和自己如出一辙的字迹，就这样冲破了时空的枷锁，在一个平凡的早晨，开启了他拼命拒绝却又不得不去面对的命运。

　　"我是你的另一个人格——周恪。我们从未见过面，可我们却共用着同一个身体。我承认，我憎恨过你的存在。我不喜欢你的性格，你太软弱，遇事喜欢逃避，总是假装阳光。我曾经甚至想要把你赶走，独占这具躯体。可是，我发现，我根本无法左右命运的罗盘，更无法左右你。我拒绝思考任何与你有关的事情，准确地说，是逃避。我想你一定也有类似的想法吧！但是，昨天晚上，有一个人，她改变了我……所以我决定接受你的存在。但为了身体考虑，我们必须约定好，无论是白天的人格，还是夜晚的人格，都要保证三四个小时的睡眠，这样白天和晚上加起来，就会有6~8个小时的休息时间。以及，我想请你帮我一个忙。请你告诉她，你是我的双胞胎弟弟。还有，请你在白天的时候，替我保护好她……也请你把她在白天遇到的事情一一写到纸上，放进背包里，这样我在晚上就可以看到。"

　　周洛的指尖变得冰冷。他捏着信纸，不可置信地凝视着最后一句话：那女孩的名字，叫米艾。

米艾……

米艾……

原来，另一半的我，在我不知道的时空里，竟然也与你拥有了值得纪念的回忆……

"周洛，你在看什么？"

肖蕊不知什么时候出现在他旁边，一把拿过他手中的信纸。看完之后，她立刻给楚涵墨发了信息："楚先生，三天之后我们要启程去金三角，请您务必随行。周洛的病情好像有加重的趋势。"

楚涵墨："好的，我一定尽全力医治。"

三天后。

《无冕英雄》剧组历时4个多小时飞机，到达泰国曼谷。

"哎呀，这里的气候好舒适啊！可以穿美美的衣服啦！"姚语妍不忘搭讪周洛，"阿洛，你要不要喝一杯东西啊？旁边有咖啡厅。"

周洛似乎根本没有听见她的邀请，而是径直走到了米艾身边："米艾，包重吗？需不需要我帮你提？"

米艾婉拒："不用不用，一个包而已，不重的。"

虽然是在泰国，可周洛的粉丝①肯定也会跟来的。为了安全起见，米艾还是决定和他保持距离。

楚涵墨上前一步："我来帮她提包就好，你是艺人，尽量避免不必要的误会。"

身后的楚涵墨人高腿长，几步就追上了米艾，接过她手里的包。

---

①粉丝：英文单词fans的音译。指迷恋、崇拜某个名人的人，对某物狂热的爱好者，崇拜某明星、艺人或事物的一种群体。

米艾连连道谢。

楚涵墨递给她一瓶水："不客气，我答应过伯父伯母要好好照顾你。"

周洛似乎捕捉到了关键词："伯父伯母？"他瞪大了眼睛，不可置信地反问，"你们两个认识？"

楚涵墨抢先回答："对，我们很早就认识了。我的父母和她的父母是好朋友。"

原来早就认识了……此刻的周洛第一次觉得自己的处境有点儿尴尬。

姚语妍急忙见缝插针："阿洛呀，走了啦！去喝咖啡，我请你！"

蕊姐朝周洛使了个眼色："去吧周洛。"

金发男孩立刻明白了她的用意，只好跟着姚语妍走进了咖啡厅。

周洛在心底抱怨：唉，都是为了炒作……

果不其然，他很快就听见了不远处的快门声。估计明天的娱乐新闻又要添油加醋地传绯闻了！也许，每个人都有自己的无奈吧。就像周洛，在别人眼里，他是光芒闪耀的星星。而其他人却没看到，灯火阑珊的时候，星星也会隐去自己的亮光，独自舔舐伤口……

来金三角的第一晚，米艾失眠了。

米艾想起了那晚她在网上看到的有关贩毒的介绍，莫名有些担忧。

她在心底默默祈祷，但愿这次一切平安！

闭上眼睛，她开始数羊，一只、两只、三只、四只、五只……

好像，还是有用的，米艾很快就进入了梦乡。

只是米艾不知道，那个晚上，黑发的少年独自走在偏僻的小巷。他借着昏暗的路灯，看着信纸上的文字："周恪，你好。我其实很高兴有你的存在，因为，你做了许多我无法完成的事情。人们常说，这世上最难的事，莫过于让自己心中的两个灵魂实现和解与共生。但我希望，我们可以做到。就像你说的，我们是最特殊的双胞胎兄弟。虽然无法见面，但至少，我们可以用这种方式和彼此交流。

关于米艾，我会在白天好好照顾她，其他的时候，就交给你了。最后，谢谢你给我写的这封信。让我们一起在黑暗中，坚守光明。"

月辉倾洒，破旧凌乱的小巷子似乎被镀上了一层银边。

黑发的少年拿起打火机，一刹那，纸张开始燃烧，最后化作灰烬。

他微微牵动嘴角，毅然走去巷子的尽头……

翌日。

剧组开始了首日的拍摄，米艾作为助理，自然要全程跟随。

靳凯歌："卡——这段演得不错！继续努力……先休息一下！"

导演刚喊停，姚语妍就立刻冲到周洛身旁嘘寒问暖："阿洛呀，喝一杯果茶吧，提神又保健！"

周洛语气淡淡："谢谢。"

还没等周洛伸手去接，姚语妍就一把拉过他的手，把保温杯放进他的掌心。然后，她飞快地冲身后某个地方眨了眨眼，紧接着，就有若隐若现的快门声响起。

肖蕊冲周洛招了招手："等会儿拍完这一场，你来找我一下。"

"好的蕊姐。"

而这时的姚语妍，在周洛身旁趾高气扬地望着米艾，似乎是在宣扬着某种胜利。

米艾才不吃她这一套，直接一个大白眼翻过去，气得姚语妍脸都红了。

又一场戏顺利拍完，周洛跟着肖蕊回到了休息的地方。

肖蕊压低了声音："楚医生等下会来给你看病，你务必要配合治疗。"

正说着，传来了敲门声。肖蕊忙去开门："楚医生快请进，麻烦您了。"

楚涵墨客气回应："没有没有，这是我应该做的。"

肖蕊退了出去，楚涵墨拿出了催眠工具，开始本次的治疗……

下午的拍摄片场。

啪——

肖蕊手中的水杯一下子掉到了地上。

她握着报纸的手抖个不停："怎么会出现这种事？"

这是米艾第一次看到蕊姐惊慌失措的样子，于是急忙凑过去看她手中的报纸——

国内娱乐头条：当红偶像周洛，不爱美女爱帅哥！

"恋情"曝光

配图是他在房间门口送楚涵墨离开的照片。那个时候的周洛刚做完催眠，有些虚弱，差点儿摔倒，楚涵墨从身侧扶住他。但就是这个瞬间，竟被拍得异常亲昵。

此刻的姚语妍气急败坏地对着电话怒吼："我不是让你拍了我和周洛的照片吗？为什么娱乐头条会是这个！"

电话那头的吴委不以为然："这可由不得你。我是记者，爆什么不爆什么，我自己说了算！"

忙音传来，姚语妍瞠目结舌地握着手机愣在原地。

"周洛，现在我们该怎么办？"肖蕊急忙把周洛拉回到小会议室，商议公关对策。

周洛："要不然我开新闻发布会亲自解释吧！"

肖蕊："不可取，到时候媒体一定会大肆渲染不实消息。"

周洛："那蕊姐觉得应该怎么处理？"

肖蕊："以我的经验，我觉得这件事还是不要大动干戈了。我们以静制动。"

嘟嘟嘟——嘟嘟嘟——

肖蕊："喂，陆总，您都看到了？"

陆谨言："嗯。"

肖蕊："那您的意思是？"

陆谨言："先不要采取任何行动，我正在联系国内最好的公关团队，这两天就能解决。"

肖蕊："好的陆总，我明白。"

陆谨言："等公关危机过去之后，我会去拍摄现场待一周，以防再出意外。"

肖蕊："好的。"

挂断电话之后，肖蕊终于松了口气："陆总在帮你解决，所以这几天就按我说的办，不要发表任何言论，接受采访的时候也要保持沉默。"

"嗯，我知道了。"周洛的声音渐渐低了下去。不知为什么，这个时候，他突然很想见到米艾。

嘟嘟嘟——嘟嘟嘟——

电话再次响起。

肖蕊："喂，又发生什么事了？"

电话那头说了几句话，肖蕊急忙打开微博界面，她的脸色瞬间变得苍白。

"蕊姐，又发生什么了吗？"周洛急忙凑近去看，微博界面的热搜词条再添新内容——周洛与神秘男子曾在卧室频繁独处！配图是楚涵墨去周洛家进行心理治疗时候的照片。其中都是截取的一些亲昵举动，例如楚涵墨站在他身侧，帮他扶住脑袋，抑或是怕他晕倒，揽着他的肩膀，诸如此类。

周洛惊慌道："怎么会拍到这些？！"

肖蕊倒是见怪不怪："高倍摄像机拍的，狗仔队的设备可比我们想象的要好得多。"

点开微博的评论，全是看戏的吃瓜群众①。

"天哪！难怪周洛出道以来没有和任何女星传过绯闻，原来是个 gay（男同性恋）！"

"啧啧啧，现在好看的小哥哥基本都喜欢男生，我们没戏啦！"

"周洛喜欢男生？都已经发展到同居这一步了？祝福祝福！"

"……"

同时看到微博热搜的，还有米艾。

"这些无良媒体，一个个的怎么都乱带节奏呀！"她气得牙痒痒，长长的睫毛似乎也因为愤怒而不停地颤抖。

不行，我要去找周洛，这个时候他一定需要有人在身边陪着。

米艾这样想着，急忙从片场往小会议室跑去。

"嘶……"

咚——

米艾撞进了一个宽阔的怀里。抬头一看，正是她此刻无比想要见到的那张脸。

肖蕊在周洛身后追赶，跑得气喘吁吁："周洛你给我回来，不要火上浇油！你忘记刚刚答应过我的事情了吗？"

正在此时，从另一条岔路上，一窝蜂地涌来好多记者。

"不好！周洛我们快跑！"米艾刚想去拉周洛，可是却晚了一步。很快，周洛就被记者们包围了。而米艾和肖蕊也被挤在周洛的旁边。

"请问周洛先生，新闻上有关您的最新报道属实吗？"

"周洛先生，请回答一下您和照片上那位先生的关系可以吗？"

---

①吃瓜群众：指那些在网络上看热闹、评论、转发或者点赞，但不参与实际事件的人。常常出现在社交媒体上，尤其是微博和贴吧等平台。

"周洛先生……"

一个又一个问题，毫不留情地向周洛砸来。人潮推搡，米艾几乎要失去平衡。

"小心！"拥挤的人群中，金发男孩就这样准确地抓住了女孩的手。

那一刻，阳光定格成绚烂的油画，男孩的瞳孔中晕开一汪笃定的温柔。

周洛看向记者："麻烦大家安静一下，我来回答你们想问的问题！"

米艾震惊。

肖蕊大喊："周洛你疯了！你知道你回答之后会发生什么吗？"

金发男孩接过某位记者手中的话筒，低声但坚定地说道："娱乐报道和微博热搜均不属实，我的性取向很正常。并且，我的女朋友现在就在这里。"

肖蕊一下子就明白了周洛的意图，他是想偷梁换柱，把大众的注意力转移到更加真实的新闻上面。最好用的一招就是恋情曝光。而周洛选中的这个人，不出意外就是米艾。

现在的情况，肖蕊也无力阻止。

正当米艾一头雾水的时候，她的手忽然被周洛大力地握紧，然后向前一拉，整个人顺势就跌进了周洛的怀里。

周洛向大家介绍道："就是她！米艾，我的正牌女友。"

一瞬间，人群中像是炸开了锅。惊叹声、尖叫声、快门声，此起彼伏。

周洛在心底不住地道歉，尽管这些话她听不到：米艾，对不起……眼下我只能这么做了……

他的手臂揽住她的肩头。她跟着他一起，对着镜头努力挤出尴尬的微笑。

米艾觉得自己就像是做了一场梦，荒唐、离奇，却又充满了致命的吸引力……

许久，她终于配合着演完了这场戏。肖蕊拉着她和周洛回到了休息室。

"抱歉，我有点儿不舒服，先回去休息了。"在他们开口之前，米艾抢先找了借口，仓皇离开。

躺在酒店的床上，她抱着大大的枕头，双目放空。却有一滴泪，沿着她的眼角，缓缓溢出，又滑落。

"女朋友……我就这样变成了他所谓的女朋友吗……我是用来公关的挡箭牌吗……"

她还记得上次在校园被拍到的时候，大家拼命公关，要和自己撇清关系。而现在，她又被拉了回来，变成了他的"正牌女友"。

一切都是这么的可笑！难道这就是娱乐圈的处世之道吗？

米艾有些迷茫了。她缓缓起身，望着窗外的夕阳一寸一寸落下。最终，还是推开门走了出去。

"就让我漫无目的地走下去吧……"

一半的心动

此刻，她是真的没精力去思考任何事情了……

米艾抬头，望见了天边的星星，就像是孩童眨着眼睛。

视线拉远，她看到了一弯月牙。

夜色初升。米艾不禁感叹，今天的月亮，好美！像极了暗夜中的天使。

米艾仰起脸望着夜空，脚下的步子依旧未停。

"哎哟！这小妞儿长得真是标致啊！"

路过一个小巷子的时候，忽然有个黑影从暗处钻出来，吓得米艾冒出一身冷汗。

她质问道："你是谁？"

小混混大笑："哈哈哈，哥哥我可是你的有缘人呀！"说着，一双咸猪手就朝米艾伸了过来。

米艾急忙大喊："你别过来！过来我可要喊警察了！"

听了这话，小混混笑得更加猖狂了："哈哈哈哈哈哈哈哈，这里是金三角，又不是中国。你喊破喉咙也不会有人来救你的！"男人笑得一脸龌龊，朝她扑了过来。

米艾绝望地闭上了眼睛。

"啊——！"

听到男人的一声惨叫，米艾猛然睁开了眼睛。此刻在她面前的，是那个被打趴在地的小混混，以及那个高高瘦瘦，拳头带血的周恪。

"米艾，你还好吗？"周恪大步朝她走来，一秒都没有迟疑。带着某些隐秘的心动，猝不及防。

"我……"米艾一开口，声音里却全都是哽咽。不知为什么，在她看到周恪向自己走过来的时候，泪水瞬间模糊了视线。

异国他乡，不同的夜晚，一样的明月。她无论如何也没有想到，当自己万念俱灰的时候，是这个周恪把她从悬崖的边缘拉了回来。一如拯救世界的超级英雄，披荆斩棘，所向披靡。

周恪抬手，擦掉她眼角的泪痕："跟我走。"语气与之前别无二致。

月色如水，男生毅然拉过女孩的手。温热的掌心，驱散了人世间所有的冰冷。

米艾下意识地低唤："周恪……"

他更用力地握紧她的手："已经没事了，有我在，你很安全。"

就是这样简简单单的一句话，让米艾再次泪崩。她不再言语，只是同样用力地将他的手紧握：谢谢你，周恪！感谢命运，能让我在这里遇到你……

空气里似乎飘浮着淡淡的花香。深吸一口气，胸腔里满是甜蜜的味道。

她紧紧跟在他的身后，他为她挡下所有纷扰。

就这样一直走了好久，周恪停住脚步："到了。"

米艾看着眼前这个有些破败的小屋，疑惑道："这里是……？"

周恪淡然回答："是我住的地方。"说着带米艾进屋坐下。

米艾惊诧："你怎么会来这边住？你不是在国——唔！"

周恪忽然警觉地站了起来，急忙捂住她的嘴。

好像有推门而进的声音……

周恪眉心紧蹙，忽然紧握住米艾的肩膀。

下一秒，他把她抵在墙上，用手臂将她环在自己胸前的小小空间。

米艾震惊不已。看着他的脸一点一点凑近，她甚至已经丧失了思考的能力，只知道自己紧张到呼吸困难。

周恪的唇贴在她耳侧，声音压得极低："配合一下。"

下一秒，他的脸又离她更近。越来越近……

米艾几乎快要不能呼吸。

终于，在两个人的嘴唇相距两厘米的时候，周恪的动作停止了。

李刚："哎哟！哎哟哟！我这来得不是时候啊！不耽误哥们儿你的好事了，我先走，回头再说！"

直到那男人关上了门，脚步声走远，周恪才松开米艾："刚才……为了不让其他人看到你，问一些关于你的事情，我只能以这样的方式打掩护了。毕竟言多必有失。抱歉。"

他的声音透着如释重负的感觉，眼神中却藏着遮掩不住的紧张和凝重。

"周恪，你告诉我，你到底为什么来这里？这里可不是一般的地方，这里是金三角。"

敏锐的直觉告诉米艾，她在这里遇到周恪，一定不是巧合。

周恪的眼神有些许躲闪："没什么，就是巧——"

"你以为你很擅长说谎吗？"米艾定定地看着他，眼神清亮。

周恪回应着她的目光，最终选择了妥协。

"我是来这边执行任务的。"

米艾的心里隐隐升起不好的预感，所以就连声音都透着轻颤："什么任务？"

周恪回答："不太方便告诉你。"

米艾脱口而出："不方便告诉我，一定是很危险的，对吗？"

当她说出这句话的时候，周恪的心脏似乎被什么东西击中了。有酥酥麻麻的电流，沿着心瓣上的脉络，缓缓蔓延开来。

是啊，这是第一个看穿他内心的女孩，也是照进他灰暗世界的那束……唯一的光。

周恪毫不否认："是，我自己要求的。"

米艾又担心又着急，一连追问了好多句："为什么？你不知道这很危险吗？怎么可以就这样不管不顾地跑来执行任务！……万一，万一遇到危险，你让担心你的人怎么办？"

周恪冷冷地擦拭着骨节处的血迹："我早就习惯了独来独往，自己承担一切！担心我的人……应该没有吧……"

米艾急了："谁说没有！"

周洛的眼底划过一丝光亮，他惊诧地望向她。

米艾毫不掩饰："我就是那个担心你的人！"

周恪的心脏继续激荡着，像是千钧雷霆，令他震颤。

米艾继续说道："我担心你遇到危险，我担心以后再也看不到你……"

刹那间，世界变得安静。就连米艾自己都不清楚，她为什么会不假思索地说出这些话。

米艾快速调整了情绪，继续说道："周恪，你要保护好自己……就算不是为了自己，也要为了关心你的人……"

心跳声越来越大，她拼命控制住自己急促的呼吸，慌乱地转身。

"我、我先走了……再见。"

就在她拉住门把手的那一刻，一阵温暖从她的身后传来。

"别走……"是周恪的手臂，从背后环住了她。

米艾有些不知所措，"周恪，你这是……"

周恪的语气很低很低，几近呢喃："不要走……"

他手臂上的力道渐渐加重，下巴却无力地抵在她的发顶。

天台歉意

"米艾，我真的很开心……很开心能在这里看到你！"

米艾的心脏倏然抽痛了一下。一字一句，似乎都是这个男孩真心又无助的低诉。

"周恪……"她想说的话，一个字都没有说出口。所有的情愫翻涌蒸腾，如鲠在喉。

眼帘轻轻垂下，她紧紧握住他的手，终于组织好语言："周恪，你不是孤单的！希望你永远相信，在这个世界上，有很多很多惦念你的人！他们会担心你吃不好，担心你睡不着，担心你遇到危险！他们可能并不希望你去当超级英雄，他们更希望你是个会哭、会笑、会脆弱的普通人……"

周恪的声音低低回响："谢谢你……"

夜色渐深，窗外起雾了。那浓郁的雾气，一丝一缕，弥漫进女孩的眼底。米艾的视线渐渐模糊……

后来，周恪把米艾安全地送回住处。躺在床上准备睡觉的时候，已经是凌晨三点。

那一晚，米艾的梦境里全是周恪。她预感到，周恪这次执行的任务非常危险，每一步都如履薄冰……

"周恪……周洛……"梦里的女孩轻声呢喃。这两个名字，那么相似，却又那么不同……

睡梦中的女孩毫不知晓，周恪在送走她以后，一夜未眠。暖黄的台灯下，周恪伏案疾笔："周洛，我想，我有必要坦白一件事。很抱歉，我对米艾产生了不一样的感情。那种感觉我无法描述，就像是……你无法克制住打喷嚏一样。她好像已经完全走进了我的心里。我试过了，却没有任何力量可以把她从我的心里拿走。"

字字句句，在这个静寂的夜里，落地生花。

周恪继续写道："你在信里说，你迫不得已才在记者面前告诉大家，她是你的女朋友。但我在晚上看见她的时候，她一个人落寞地走着，眼里全是悲伤。周洛，你做什么事我不管，但请一定记住，不要让她难过……"

笃定又偏执的男生，曾经以为复仇是自己生命的全部。可这一刻他不再这么以为，他的生命不再属于他一个人。因为那个女孩告诉他，在这个世界上，有人在担心着他……

天亮了。

还在睡梦中的米艾被肖蕊拉了起来："米艾，起床了！快！"

"……嗯？蕊姐，你怎么来了！"

"来喊你起床！你忘了？今天有你和周洛的采访！"

米艾立刻反应过来，昨天周洛说自己是他女朋友，记者们想要趁机捞一篇含金量高的稿子，于是约定了今天的采访。

"以后你的身份就不再是单纯的助理了，还是周洛的女朋友。说话做事要特别注意。"肖蕊一边唠叨，一边拉着米艾去换衣服做造型。

这真的就像一个梦。一不小心，就误入了与自己平行的另外一个世界……

"米艾！"这熟悉的声音，这熟悉的语调。就在米艾做完造型走出化妆间的时候，猛然抬头，对上了周洛的目光。

"周……"开口的一瞬，她所有的话语却化为了长长的沉默。就连原本的笑容也僵在了嘴角，定格成无所适从的弧度。

"米艾，跟我来。"这一次，这个金发男孩似乎不是在征求她的意见。而是不由分说地拉起她的手，大步向外走去。

阳光随着旋转门缓缓摇落，有七色的彩虹碎开在他和她的发梢。

"周洛，你要带我去哪儿？"

"等一下你就知道了！"

好久没这么跑过了，米艾的手被金发男孩紧紧牵着，晨光拉长了他们的身影……

周洛终于停下脚步："呼——到啦！"

微风轻扬起发丝，米艾站在高高的天台疑惑地望着周洛："来这里做什么？我们等一下不是还有采访吗？"

周洛摇头："采访不重要。"

一步一步，男孩向着米艾走来，阳光也似乎一瞬间变得耀眼。

"米艾……"一句简单的呼唤，却没人知道他在心里偷偷练习了多久，"现在，比采访更重要的，是我即将要做的事。"

在距离她一米远的位置，他轻轻上前一步。

而她却下意识地退后了半步。

周洛抬起的手停在了半空，他的心里五味杂陈。

"对不起……"周洛诚恳道歉，"我知道你在生我的气，气我昨天当着记者的面那么说……"

米艾打断了他："不，我没有生气。我只是觉得可笑，可悲。"

就像是喝了一杯浓郁的纯黑咖啡，苦涩的滋味从嘴角蔓延到心底。

她继续着自己的倾诉："自始至终，我都只是一枚棋子而已，对吧。"

"之前的绯闻，你们拼了命也要和我撇清关系。而现在的绯闻，我却变成了最好的挡箭牌。哈哈……我特别想知道，你们在做这些事的时候，有没有那么一秒钟，考虑过我的感受？对你们来说，我到底算什么啊？"

米艾的情绪有些激动。这是周洛第一次看见米艾生气的样子。因为气愤，她白皙的脸颊变得潮红。

"对不起……对不起……米艾对不起……"

那一刻，周洛觉得在道歉的时候，语言显得如此苍白无力。

米艾摇头苦笑："不必了。你不需要跟我道歉。我可以帮你，但是，我们只是名义上的男女朋友。仅此而已。"

女孩亮晶晶的眼眸沐浴在细碎的阳光里，仿佛这世界的轮廓都变得柔和了许多。

周洛的语气很复杂："谢谢你米艾……我保证，你只需要配合我到拍戏结束。在这期间，除了必要的通告和采访以外，我都不会去打扰你。"

米艾点头应允。

周洛补充道："在这期间，只要是我能力范围以内的事情，你都可以找我帮忙。就当作……我对你的补偿吧。"

米艾接受了他的提议："嗯，好。"

"那就一言为定？"周洛向米艾伸出了右手，小拇指微微翘起，做出一个拉钩的动作。

米艾同样地伸出了右手，把自己的小拇指与他的小拇指勾在了一起。

地上的剪影，似乎是美好的模样。

米艾收回自己的手，提醒他：“走吧，时间快到了。”

两人匆匆从天台下来，赶往记者招待会现场。

肖蕊如释重负：“哎哟，我的两个小祖宗！你们去哪儿了呀？这采访马上就要开始了，到处找不到人！”

假戏假做

周洛连连道歉："蕊姐，不好意思，是我拉米艾出去说了点儿事情。"

肖蕊摆摆手："行了，不说这个了。等会儿接受采访时，你们俩千万要表现得自然一点儿。"一方面，肖蕊很心疼米艾；另一方面，她又无可奈何。当时的情况，除了说米艾是周洛的女朋友，似乎也没有更好的解决方案。

"走吧，要开始了。"金发男孩握紧她的手，掌心交错的地方，温暖又潮湿。

米艾点头跟上。

周洛俯身低语："不要紧张，回答问题的时候就按你自己的想法来，我相信你。"

这一次米艾没有回答。她望着他的眼睛，轻轻点了点头。

当他们走上台的时候，无数闪光灯和快门声此起彼伏。

他扶她坐定，两人相视一笑。

记者："请问周洛先生，您和米艾小姐的恋情是从什么时候开始的呢？"

周洛："是我还在伦敦发展的时候。"

"哇！这么早！"人群中立刻爆发出惊叹的声音。

周洛："我对米艾一见钟情。"

女孩的目光中闪过一丝惊讶，还好她是侧脸望向周洛，才没有被记者们捕捉到眼神中的异样。

周洛："那时候我还在伦敦当艺人，而她是一位留学生。那天……是我的生日。同时，也是我父亲的忌日。"

快门声瞬间密集地响起，记者们似乎都对这个爆点很感兴趣。

而周洛却自然地笑了笑，继续说下去："以前，我总是觉得那天很难过，因为每年的那一天都会提醒着我，我出生的那天没了父亲，我就是一个灾星、瘟神。可是那天，米艾的出现改变了一切。我常常在想，这就是人们所说的命运吧，是上天的眷顾，才把她送到我的身边。"

周洛在说这句话的时候，转过头无限深情地凝望着米艾。

记者们发疯一般地按下连拍，他们哪能放过这么珍贵的镜头。

而此刻，化妆间电视屏幕前的姚语妍气得大发雷霆："这都是什么情况啊？你们告诉我这都是什么情况！先是和一个男的传绯闻，现在又直接和米艾公布恋情！米艾，你个狐狸精！你不仁也别怪我不义！"

姚语妍大怒，化妆台上的东西全部被她推到了地上，瓶瓶罐罐碎了一地。不同的色彩混杂在一起，就像小丑的脸，无情地嘲讽着她。

姚语妍握紧了拳头："我发誓，一定要让你知道我的厉害！"

她恶狠狠地盯着电视屏幕里的直播画面，周洛还在继续说着他和米艾相爱的故事："那一天，在伦敦的特拉法广场，她举着手机和朋友视频，不小心撞到我的身上。哈哈，是不是很像电影里面的情节？连我都觉得奇怪，后来我竟然为了躲记者拉起她就跑了起来。跑了很远很远，我才想起来要跟她道歉。哈哈，我可真是一个不太懂礼貌的人。生日和忌日，本应该会戳中我的痛点，可米艾却让我在那一天变得不再孤单。"

说着，他缓缓从口袋中拿出一条蓝色的发带："那天我的手不小心受伤了，是她解下自己的发带为我止血。"

米艾震惊，他之前不是跟我说这条发带弄丢了吗？所以才买了一条金色的还给我。那现在的这条是什么情况？

米艾想不通了。难道他根本就没有弄丢？那条发带一直就在他的手里！

果然，当周洛举起发带为大家展示的时候，那上面还隐约残存着斑驳的血迹。

米艾一眼认出，这就是那天她给他绑在手上的发带！

周洛："我一直珍藏着它，因为它是我和米艾感情的见证。"

台下掌声四起。

记者："那请问米艾小姐，你是从什么时候开始对周洛先生产生感情的呢？"

米艾微微一怔，下意识地望向旁边的周洛。

他的笑容似乎是最好的镇静剂。

米艾："也是在那天。因为那天是我在伦敦过的最难忘的一天。"

记者："那请问……"

……

一个又一个的问题，记者们越来越兴奋。

在周洛回答问题的时候，米艾忍不住偷偷看他的眼睛。

她很想透过他的眼睛看到答案——这些话，都是他提前排练好的吗？

"各位记者朋友，不好意思啊，我们周洛还要去拍戏，就先失陪了。"

肖蕊的话打断了米艾的思绪。那些朦胧的猜测与揣摩，瞬间回到了原点。

指尖忽然传来一阵温暖，她一惊——是周洛拉住了她的手。

人潮拥挤，他紧紧牵着她，大步向前。

米艾每走一步都像是踩在云端，这一切都显得格外不真实。

或许，就这样也不错吧……遥远的星星，此刻就在我的面前……哪怕是演戏也好，挡箭牌也罢，至少现在的周洛，是属于我的……

很多事情，并不知从何而起。可它就这样真真切切地降临在你的身边。而你要做的，是不要怀疑，跟着自己的心，向前。

它一定会按照最优的轨迹，带你走向最好的终点……

"米艾，我要去拍戏了。你在休息区坐一会儿吧。"周洛很自然地把外套递给她，就像往常那样。

可这一次，两个人的心里却都有了不同的感觉。

周洛补充了一句："等我。"

米艾点头："嗯。"

或许是今天的阳光格外柔和，又或许是微风中飘荡着浓郁的花香。在说这些话的时候，总感觉有一股甜蜜的味道。

"米艾，是不是有点儿不适应啊？"肖蕊突然走到米艾的身边，轻轻拍了拍她的肩膀。

"蕊姐……"米艾欲言又止。

"哈哈，没关系，我理解你。"肖蕊轻轻拉过米艾的手，满脸笑意地望着她，"对于周洛来说，你真的是很特别的一个女孩。"

米艾："很特别？"

肖蕊："对。在你之前，有不计其数的女艺人想和我们家周洛攀上关系呢，抓住各种机会拉着他炒作。之前也有过几次类似的危机，但我们都是淡然处之，不去理会。尤其是周洛本人，根本无暇理会。"她接着说："但你不一样。自他出道起，我跟随他这么多年，你是他第一个亲口对媒体宣布的女朋友。"

米艾遇险

米艾十分讶异，毕竟明星面临的诱惑太多。

"哈哈哈，不要惊讶，我说的都是真的。米艾，我知道这件事对你来说很不公平……"肖蕊握紧米艾的手，轻轻叹了一口气，"真的很对不起……"

米艾："蕊姐，我没——"

肖蕊："别逞强了，你今天的表现我都看到了，委屈你了……谢谢你米艾，谢谢你帮了周洛……"

米艾没有再说话。可她的心里，却有一个地方，隐隐生长出某种名为悸动的幼芽……

她对着肖蕊轻松一笑，重新转过身，看向正在拍戏的周洛，感受着这意外降临的一切。

她下意识地抱紧了怀中的外套，似乎有丝丝缕缕的香水味飘进她的口鼻之间。这个味道，是周洛身上独有的香水味。抱着外套，就像他就在自己的身边。米艾忍不住深吸了几口气，贪恋着这个味道。

肖蕊轻拍了她一下："米艾，我要去谈点儿事情，你在这边等周洛吧。"

"好，蕊姐再见。"

肖蕊接着电话急匆匆地离开了。

这个时候，有个身影在向米艾一步一步靠近。地面上映出一个长长的黑影，米艾警觉地回头，问道："你是谁？"

那人笑了笑："米艾小姐，你好。"

米艾在脑海中快速搜索着这张似曾相识的脸……想起来了："你是姚语妍的经纪人，袁竹先生对吗？"

袁竹拍手叫好："米艾小姐好记性啊！"

米艾的记忆力确实很好，仅仅是在那次新剧见面会的时候见过一面，她就把所有人的身份都准确无误地记了下来。

然而，聪明的人似乎总是会在某些方面比一般人迟钝些。譬如判断一个人是善还是恶。

米艾询问："请问袁先生来找我是有什么事吗？"

袁竹答道："是这样的米艾小姐，姚语妍小姐觉得和您一见如故，一直想约您喝个下午茶。不知米艾小姐意下如何？"

米艾隐隐觉得不对劲儿，我们俩关系并不好吧。无缘无故请她去喝下午茶，怕不是有什么其他的用意？难道是因为周洛？

米艾飞速地在脑海中闪过一系列的怀疑与猜测……

袁竹似乎看穿了她的顾虑："米艾小姐无须担心，我真的没有恶意，大家都是在娱乐圈混的，记者一天天跟拍，几乎所有行为都是透明的，我们不可能搞什么其他的动作。您尽管放一万个心。"

米艾想了想，也对。

袁竹顺势做出了一个请的姿势。

米艾应了下来："我去可以，但是不能逗留太久。"

袁竹很识抬举："完全没问题，周洛先生拍戏结束，我们一定会准时送您回片场。"

米艾跟着袁竹上了车。引擎发动，车子从片场缓缓开走。

十分钟过去了，车子丝毫没有减速的意思。

米艾隐隐有些不安："请问，我们是要去哪里喝下午茶啊？"

袁竹回答："很快的，再过两个路口就到了。"

米艾望着车窗外匆匆滑过的风景，不知为什么，胸口忽然传来一阵窒息的感觉。她觉得有些不对劲儿："袁先生，怎么这条路周围都没什么店铺呢？"

袁竹解释道："我们去的是比较隐蔽的地方，为了避免记者跟拍嘛！希望米艾小姐理解一下。"

米艾瞬间警觉——不对！一定有什么事！根本不是请我去喝下午茶那么简单！

车子依旧未减速。

米艾的心一下子悬到了嗓子眼。她下意识地抓紧了背包的肩带，掌心沁出一层又一层的冷汗。

现在该怎么办？米艾拼命告诉自己要冷静，不能被他们看出破绽。否则，可能会引来更大的麻烦。

米艾忽然心生一计："不好意思啊袁先生，我忽然有点儿累了，想先闭目养神一下，到了您叫我，谢谢。"

袁竹满口答应："好的米艾小姐。"

闭上眼睛，米艾顺势把身体别过一个角度，假装睡觉的姿势，为的是躲过后视镜的监视。然后她偷偷地把手伸进自己的背包，凭着感觉滑开了拨号界面。

她在心底默念了一串号码。

多亏了米艾拥有超强的记忆力，就连拨号键盘的数字位置都判断得很准确。

她快速输完这串数字，然后按下了拨号键。

米艾祈祷：能否度过这一劫，就看这通电话了……

嘟嘟嘟——嘟嘟嘟——

嘟嘟嘟——嘟嘟嘟——

片场休息区的座位上，周洛外套口袋里的手机不停地震动。

米艾在车上焦急万分：周洛接电话啊……求求你一定要接电话啊……

嘟嘟嘟——嘟嘟嘟——

嘟嘟嘟——嘟嘟嘟——

米艾再次默念祈祷：拜托……周洛你一定要接电话……

电话依旧在不停地响着，可是却迟迟没人接听。

米艾万念俱灰，她该不会躲不过了吧！

正在此时，片场的周洛忽然下意识地望了一眼远处的休息区——米艾呢？

周洛举手示意："导演，我有点儿不舒服，先休息一下可以吗？"

靳凯歌点头："好的好的！全体人员休息十五分钟。"

"谢导演！"

周洛几乎是飞奔到休息区的。他听到了手机连续的震动声，心里忽然一沉。

是米艾的来电，于是他急忙接通。

"喂？米艾——"

听到回应，米艾急忙把手机音量调到最小，然后打了个哈欠，假装刚睡醒的样子："袁竹先生，我们还有多久才到啊？"随后她又抬高了声音，"姚语妍小姐会不会等着急了呀？不过说起来，我倒是十分期待这个下午茶呢！"她故意高声对话，故意将人名都说完整，就是为了让电话那头的周洛能够听清楚。

袁竹笑了："哈哈哈，放心吧，下午茶一定不会让你失望的。"

这些话一字不差的，通过手机传到周洛耳中。他瞬间意识到不对——米艾有危险!

车子还在行驶，米艾斜倚着靠背，半眯着眼，继续演戏："袁竹先生，那我再眯一会儿啊，到了叫我，感谢。"

袁竹丝毫没有起疑心："没问题!"

趁他不注意，米艾又一次把自己的手伸进背包里，凭着自己的感觉滑开了短信界面。键盘界面似乎是长在她的脑海中，米艾凭着自己的感觉准确无误地打着字……

咻——

一条消息成功发了出去。

米艾："周洛，不要挂断电话，按我发给你的定位来救我。"

两个人格的和解与共生

　　周洛看着短信，迅速跑到导演旁边，说道："靳导，我感觉很不舒服，想回去休息一下，等我身体好了我再补上，谢谢您。"

　　说完，他就用最快的速度跑回了下榻的酒店。关上门，周洛在心底默念："周恪……周恪……我现在需要你……"

　　金发男孩闭上眼睛，双手合十，在心里默默祷告着，"周恪，米艾现在需要你……米艾遇到危险了，求你一定要出现……只有你可以救她……"

　　意念的力量，到底有多强大，没有人会知道。可这一次，周洛选择相信奇迹。

　　以前，他是多么讨厌自己的另外一个人格。而此时此刻，他却无比地希望另一个自己立刻出现……周洛继续默念：按照手机里的位置，去救米艾。拜托了周恪……

　　电光石火的一瞬间，男生紧闭的眼睛忽然睁开！那眼眸里，似乎添上了一抹深邃的色彩："放心吧周洛，我一定把她安全救回来。"

　　周恪从包里拿出了黑色的假发，利落地戴上，再把手枪装好子弹，收进自己的口袋，"米艾，我不会让你有事的。没有人可以伤害你。"

拿起周洛的手机，查看米艾发过来的位置。周恪眉心紧蹙——怎么会在那么偏僻的地方？

但现在时间紧迫，不允许他细究原委。周恪二话不说，急急打开门，拿起周洛的车钥匙，车子启动，他将油门踩到底，用最快的速度去救米艾。

此刻的另一边，一阵笑声自车内传来，令人毛骨悚然："哈哈哈哈哈！米艾小姐，我们到啦！"车子停住，袁竹立刻凶相毕露，咬着牙根阴阳怪气，"怎么样啊？这个下午茶还可以吧？想必一定没有让米艾小姐失望呢！"

环视四周，这是一座废弃的仓库，周围的一切都破败不堪，不断有难闻的气味传来。

米艾尽力掩饰着内心的恐惧，凛声质问："你们到底想干什么？"

袁竹看了看她，随即爆发出一阵诡异的笑："哈哈哈哈哈哈……想干什么？当然是想让你长长记性啊！凡是惹得我们姚语妍不开心的人，都要付出代价！"

米艾下意识地反问："为什么？是因为周洛吗？"

"啧啧，你还真是冰雪聪明啊！"袁竹恶狠狠地笑，恶毒的嘴脸暴露无遗，"知道姚语妍喜欢周洛，你竟然还公然抢她所爱！自己找死，就别怪我们无情。"

"动手吧。"袁竹一声令下，司机立刻拿出麻绳，反手绑住了米艾。

米艾用尽全力挣扎，与他们对峙："放开我！你们这么做是犯法的！！"

袁竹斜睨着她，点了根烟，烟雾缭绕下，是满嘴的黄牙："少废话，在老子这里，老子就是王法！"他边吼边拿出一个手帕，紧紧捂住米艾的嘴巴。那上面是湿漉漉的液体，带着难以名状的微甜气味。

米艾心下一沉。完了！是乙醚！！

这次真的要死了吗……周洛……周洛你在哪里……你会来救我吗……

此刻的另一边，周恪在心底默念：米艾，你千万不能有事……等我……我很快就会找到你的……

汽车速度开到了最大，车子在偏僻的小路上飞奔疾驰。

周恪的心脏跳得飞快，他手握着方向盘，掌心渗出一层又一层冷汗。他是个无神论者，可这一刻，却宁愿相信这世间有神明，有菩萨，有着一切可以普度众生的神仙……他一遍又一遍祈祷——

米艾你不能有事……米艾……我不能没有你……

午后的阳光温柔地照耀在车窗玻璃上，周洛额上的汗珠清晰可见。

这是他第一次沐浴阳光……这是他第一次在白天出现……

周恪看了一眼周围的环境，又看了看手机，定位显示的位置应该就在附近了。

金色的阳光晕开在黑色的发梢，两种色彩完美融合在一起。

周恪像是带着某种使命，目光坚定，在心底暗暗起誓：周洛，你放心，我一定成功救出米艾。

此时此刻，米艾吸进体内的乙醚渐渐起了作用。她的意识越来越模糊，不知不觉间倒在了地上，闭上了眼睛……

袁竹掐灭烟头，半眯着眼，对着司机摆摆手："强子，我们走吧，这个乙醚的量足够她在这里睡上三天三夜了。到时候，是死是活可就全凭她自己的造化喽！"

砰——！

铁门被重重地关上。瞬间，无数粒尘埃飞舞在透明的阳光里。

米艾趴在地上，侧脸紧贴着冰冷的地面，被麻绳捆住的双手用尽全力一抓，却只抓到满手的沙砾……意识模糊到无以复加，她仅剩残存的意识：不……不可以……我不可以就这样倒下……

半开半合的眼睛，视线只有细细的一条。她定了定神，用尽全力，狠狠地咬破了自己的嘴唇。

"嘶……"血腥味顺着舌尖蔓延进每一寸味蕾。疼痛沿着神经开始扩散，一点一点对抗着乙醚带来的昏睡感。

米艾本以为这个方法会奏效，可事与愿违——又一波更为强烈的困意袭来，嘴唇的疼痛似乎不再起作用了。

不可以……我绝不可以睡过去！

米艾再次拼尽全身的力气，肩头撑在满是沙砾的地面，艰难地抬起脸，环顾四周。

她需要一个利器！

但目之所及，好像并没有匕首之类的东西。米艾深呼吸，强迫自己集中注意力，对抗着涣散的精神……眼下，似乎只能用墙的棱角来磨断麻绳了。

米艾咬紧牙关，一点一点地匍匐前行。苍白干涸的嘴唇，如雨而下的汗珠，凌乱不堪的发丝……

此刻，女孩只有一个信念——她要活着，她绝不能倒下！这个世界有那么多值得她留恋与珍惜的事情，那么多她爱的人……

信念感支撑着她，咬紧了牙关，用尽毕生所有的力气，一寸一寸，艰难前行……

女孩终于爬到了墙角，她背对着那条棱，拼尽全力坐起来，反手贴近冰冷的墙面，摸索着……米艾心下一喜：这条棱的锋利程度，足够她磨断手腕上的麻绳了！

似乎是遥远的星光，坠落在女孩的眼底。米艾的眼神清亮坚定，折射出源源不断的希望。

昏睡感还在继续，她不断地在闭眼和睁眼之间徘徊、挣扎……她一遍又一遍提醒自己，不能睡……不能睡……

一下、两下、三下……手腕上的绳子狠狠地与墙面的棱角摩擦。

由于困意，米艾一不小心就磨到了自己的手背。一条又一条血痕如血色玫瑰，绽放在她的细腕……疼痛与困倦并行。

终于，在不知道多少次的努力之后，手腕处忽然一松——绳子断了！

几乎是同时，米艾发现了不远处有一小块玻璃碎片。三角的形状，折射着阳光的色彩。红橙黄绿青蓝紫，每一种，都是坚持和希冀——就是它了！

米艾喜极而泣……谢谢上天，谢谢神明……菩萨待她不薄……她爬过去握紧那块玻璃片，虔诚地闭眼，双手合十。下一秒，女孩的眼眸猛然睁开，握着玻璃片的右手高高地举起，又狠狠地刺下。

"嘶……！"

鲜血从她的大腿汩汩流出，米艾硬是忍住了疼痛，一声不吭。她嘴唇上的血渍已经干涸，所以扯动嘴角的时候，新的血液沿着旧伤口汩汩流出……那时的米艾似乎感激这一切的疼痛，因为会痛，就代表她还活着……

她苍白的脸颊如纸一般。额前的碎发被汗水浸湿，凌乱地贴在脸上。

她深知，此时此刻，她只能靠自己。即使在最深的绝望里，也要朝向那唯一的希望……也许，这并不是绝境！

她要去找找有没有出口。联系不到周洛，她必须要自己想办法从这里出去！

信念感再一次战胜了一切，她扶着冰冷的墙壁，艰难地站起来。踉踉跄跄，每走一步，都会在地上碎开一朵血色的玫瑰。

那颜色，触目惊心……

忽然，米艾惊觉，不远处的那一束明亮——是光？

那里有光！

冰冷的外表下，也有颗炽热的心

在大铁门的对面，忽然有一束光透了出来。

米艾欣喜若狂，太好了！有救了！她拼尽全力移开遮挡的废弃箱子，一扇小小的窗户露了出来。

但是太高了，以她的身高根本够不到。

米艾眉心紧蹙。她失望地低下了头……片刻后，又猛然激动地扬起脸——箱子！

似乎有无数道光芒从她的眼底迸射出来——如果把很多个箱子摞在一起，那么这个高度，便足以让她触及那一扇窗！

米艾没有迟疑。强忍着大腿愈渐强烈的疼痛，她开始搬动箱子。

"三层的高度应该就够了吧。"她一边艰难地拖动箱子一边自言自语。

鲜血依旧在流，洁白的长裙被染得斑驳不堪。

此刻的米艾，像极了中古世纪勇敢的公主。披荆斩棘，去寻找那胜利的曙光……

时间一分一秒过去，米艾终于停了下来。她大汗淋漓，按住自己酸痛的腰，深呼吸：“箱子搬好了，现在我要做的就是爬上去，然后跳窗。”

用手撑住箱子，米艾几乎耗尽了所有的力气，终于爬到了箱子上面。

可是米艾推了一下，却发现窗户是锁死的。

命运有时就是喜欢开玩笑吧。上一秒你还以为馈赠的是一根棒棒糖，可转瞬间，却成了可以刺穿心脏的利刃……

米艾咬紧了牙关。这个时候，无论前方是刀山还是火海，她都没有退路。她的眼神坚定如鹰隼，纤弱的手掌，暗暗蓄力。

哗啦——！

伴随着米艾挥出的拳头，窗玻璃碎了一地。

光明在她眼前重现，女孩咧开嘴笑，血腥味在口腔蔓延，她的眼泪几乎要夺眶而出：“太好了……有救了……”

可就在这时，已经完全虚脱的米艾重心不稳，脚下一个踉跄，整个身体直直向后倒去……下坠的那一刻，她的一举一动似乎成了慢动作。血色的花朵肆意绽放，米艾的嘴角是微笑的……

光影混沌，米艾的脑海里闪过那两个男孩的影子。

这一次，恐怕真的要说再见了……

“米艾！！”

哐啷——！

巨大的铁门被狠狠踢开，那一扇巨大的铁板重重地倒在地上，无数道光芒照亮整座仓库。

周恪站在光里，似是从天而降的超级英雄。

“米艾！！”

女孩纤弱的身体，落进男生的臂弯。

突然的冲力使得周恪没有站稳，在原地旋出一个大圈，长长的卷发扬起在半空中……

女孩下意识地抬起手臂，揽住男孩的脖颈："周恪……是你吗……"

周恪强忍着泪水，用尽生命里所有的温柔，回应着她："嗯，是我，我来救你了……米艾对不起，是我来迟了……"这一瞬，无数光影交错变幻。他的心跳融进她的呼吸。

米艾轻轻摇头，用力抬起了右手，伸长食指，指腹贴在他的唇边："不迟……你来了就好……"

女孩的声音细小微弱，却一字一句清晰地刻进男生的心底。

泪水瞬间涌上他的眼底，那眸底深邃如海……

"谢谢你，周恪。谢谢你找到了我……"话音落下的那一瞬，怀中的女孩失去了最后一丝意识。

"米艾！"周恪惊慌失措，"米艾，你坚持住啊！"

周洛不顾一切地抱着女孩奔跑。从仓库到车里，他把她轻轻放在副驾驶座，系好安全带，口中焦急地说道："米艾，你一定不会有事的……不会的……"

轻风忽起，他的眼角有泪滴缓缓滚落，似是这世上最珍贵的宝石："你一定要坚持住……"

女孩长长的睫毛微微颤抖。苍白的脸庞，干裂的唇瓣，未干的汗水还残留在额头。一如落难的公主，等待着骑士的救援。

"米艾……"这一天，不爱说话的周恪似乎说了很多话，其中，她的名字是出现频率最高的词汇……下意识地，少年缓缓俯首，眼神中溢满了柔情，"请不要离开我……"

冰冷的唇，印在女孩的眉心。她的眼帘微微颤抖。不知此刻，女孩的梦里是否也正经历着同样的际遇……

后来，女孩被送到医院。经过医生的全力抢救，已经脱离生命危险。医生叮嘱完各类注意事项，便推门离去。加护病房里只有周恪一人，默默守在床前。

他蹙眉凝视着刚才在仓库里捡到的一枚微型耳麦，虽然已经被踩坏了，但直觉告诉他，这上面也许会有什么线索。他用放大镜左右查看，细细端详，终于在耳麦底部发现了端倪，上面刻有隐秘的暗纹，那形状像极了一个他很眼熟的标志——

周恪心口一紧："死亡之翼！"

是的，这个标志叫作"死亡之翼"。在周恪当卧底的这段时间，这个标志不止一次出现在那些内部人员的随身物品上。可这个标志怎么会出现在米艾被绑架的现场？

周恪感觉身体的血液都凝固了，一种不好的预感深深攫住了他。他盯着手帕上的"死亡之翼"，神色凝重。

******

剧组酒店。

"老爸！"靳星拖着大大的行李箱，满脸堆笑地敲开了靳凯歌的房门："老爸，是我！"

靳凯歌急忙迎上前去，接过靳星手里的箱子："哎哟，我的宝贝儿子啊，你怎么来啦？"

靳星抱住老爸的胳膊，摇啊摇："我想你嘛！所以就来看你喽！"

靳凯歌假装严肃："少来这一套啊，别演什么父子情深。你老爸我还不知道你什么德行吗？快说吧，到底来做什么的？"

靳星吐了吐舌头："果然骗不过老爸，嘿嘿，其实我是来找一个好朋友的。"

"哟？是好朋友啊，还是女朋友啊？"

靳星急忙解释："什么嘛，我可是高贵的单身汉！真就是个普普通通的好朋友，她叫米艾，就是那个大明星周洛的助理。"

靳凯歌没忍住笑："我说儿子呀，你这么大老远地跑过来，该不会是喜欢人家姑娘吧？"

"老爸您真是导戏导多了，随便俩男女在你眼里看着都像情侣，"靳星的口才可不是盖的，一张口就喋喋不休，"我们真的就只是好朋友，在伦敦留学的时候认识的。"

靳星尽全力为自己辩解，他才不会让父亲知道，自己来这里其实是为了看望米艾。

******

肖蕊的房间。

"周洛、米艾……你们到底去哪儿了……"肖蕊在房间里不安地走来走去，接起电话，"喂，嗯……继续封锁消息，按我说的去办。"

挂掉电话，肖蕊脸上的不安又加重了几分。

"现在都已经是晚上了……下午的时候就不见周洛和米艾，可千万别出什么事啊……"

肖蕊不敢去报警。因为艺人的新闻传播太快，她怕闹到网上，节外生枝，一波未平，一波又起。

******

B 城。

HD 娱乐公司的总裁办公室。

陆谨言盯着电脑屏幕，那上面正播放着周洛与米艾的采访，而他单手握笔，一脸凝重……

此时此刻，神色凝重的不止他一个人，还有楚涵墨……

这个周洛……竟然当着媒体的面宣布米艾是他的女朋友……

楚涵墨的眼眸深不见底："周洛，你到底想做什么……"他的掌心不自觉地收紧，屈握成拳，重重砸在了桌子上。

******

金三角的某处医院。

周洛将那个可疑的微型耳麦小心收起，叹了口气，重新坐回到米艾的床前。

他细细凝望那张沉睡着的脸……由下往上，从精致的下巴，到挺翘的鼻尖，再到浓密的睫毛……

忽然，周恪的脸上浮起一丝红晕。他望着女孩的眉心，不由得想起刚刚车上那个吻。虽然那可能根本不能被叫作"吻"，只是蜻蜓点水般的试探。但只是去回忆那个画面，便足以令他的心脏失序跳动。

"周恪……"

女孩轻声地低唤，将周恪的思绪拉回到现实，这是他第一次感受到什么叫作慌乱，他迅速收起那些不该有的情愫："米艾，你醒了。"一向沉着稳重的冷峻少年，此刻却双颊绯红，眼神无处安放。

米艾看向他，关切道："周恪，你是发烧了吗？"

男生果断否认："没有啊。"

"那你的脸为什么看起来这么红？"

周恪忽然意识到自己的异样，于是急忙掩饰："那个……可能，可能是这里太热了……"为了让自己说的话看起来更可信，他配合着将领口处的扣子解开一颗，将领口扯松，"咳……这房间，确实是太热了。"

"热吗？"米艾皱了皱眉，将被角拉高了一些，"可我觉得挺冷的啊。"

"啊……可、可能是男女有别……"情急之下，周恪为了把戏做足，立刻脱去了外套。紧实的手臂线条一览无余，这下轮到米艾脸红了。

不确定的心意

"……周恪。"米艾小声叫他。

周恪慌忙答应:"……啊?"

"你……你要是真那么热,要不还是把空调开低一点儿吧,"米艾低着头,红着脸,把床头的遥控器给周恪递过去,"咳……外套还是穿起来比较好。"

男生似乎是愣住了,许久才终于反应过来。

"哦,哦,"周恪触电般地从椅子上弹起,"好……好好。我、我这就按你说的做。"

周恪慌忙穿好衣服,背过身去调着空调的温度,全程不敢再看她一眼。

"调好了,"周恪像个无所适从的寄居蟹,偌大的病房,找不到一个避免尴尬的地方,别扭了几秒,终于想到一个话题,"那个……你刚醒,有没有觉得哪里不舒服?"

还没等女孩回复,他便立刻补了一句:"要不我出去帮你叫医生?"

他腿长步大,两三步便走到门边。就在周恪即将离开的时候,米艾喊住了他:"周恪,等等!"

"……啊？"男生的手停留在门把手上，俊毅的脸微微侧转过来，望向米艾，"你……是有什么事吗？"

女孩再次将被角扯高，半遮住自己的脸，也遮住自己想笑的冲动："我没感觉不舒服，你不用去叫医生，留在这里陪我吧。"

周恪的手从门把手上收回，交叉着，互相搓着，搓到手心都要生出火苗才说："可是你，你刚从昏迷中醒过来，还是让医生来看看比较好，万一有什么后遗症……"

"我没事，"米艾反过来宽慰他，"我自己的身体自己最了解，那点儿乙醚不算什么。"

她说什么？那些乙醚并没有让她完全昏迷？

那该不会……他做的那些事，她都知道吧？！

周恪肉眼可见地慌张了起来："话虽如此，但、但你大病初愈，需要多多补充营养。我、我去给你买一些水果过来。"

周恪有些语无伦次，脸颊的红晕久久不能褪去。

"呵呵……"病床上传来一阵轻笑。

周恪一惊，她笑了？

美人一笑，顾盼生辉。此刻的黑发青年，越发不知所措。

米艾看着他，笑得缱绻："周恪，我不饿，也不渴，更没觉得不舒服，你不用出去。你就坐在这里，陪我说说话，可以吗？"

周恪怔在原地，唇角抽动了几下，才终于挤出几个音节："可以……"

米艾把手臂伸出被子，用力支撑着自己，想要坐起来。

"别动！"周恪慌忙迈开步子，几下便跨到床前，"我扶你。"说话间，一双有力的手臂揽住她的脊背。

女孩抬眸的瞬间，恰好迎上他灼灼的目光，不过几厘米的距离，两个人呼出的气息交织在一起。

米艾凝视着眼前的男生，细细地看，这五官、这脸型，与记忆中的另一个人如出一辙。她决定问出心中的疑惑："周恪，我有件事想问你。"

周恪的心底蓦然升腾起紧张的情绪："你问吧。"他大概猜到了她要问什么，骨节分明的手，隐隐有青筋绷紧。

"周恪，你今天下午，为什么会出现在那座废弃的仓库里？我明明是给周洛发的消息，可为什么来救我的却是你？"

果不其然，她问的问题，和他猜想的一模一样。

"米艾……"周恪直视着她的眼眸，"如果我说这是巧合，你信吗？"

米艾微微皱眉，背靠着柔软的枕头，满眼的疑惑："你的意思是，你刚好路过那里？"

周恪肯定了她的猜测："没错。我在执行任务的时候，恰好路过那里。看到库房外面有一些新鲜的脚印，出于警察的本能，我感觉这样的痕迹不太对劲儿，于是我才破门而入，意外把你救下。"

他说得云淡风轻，她听得半信半疑。

米艾试探道："真的……只是这样吗？"

"嗯。"他不敢直视米艾的眼睛。

她却并没有打算放过他："周恪，我还有一个问题。"

"你问。"周恪的神色再次紧张了起来。

静静的病房内，女孩的声音一字一句，清晰地传入他的耳中："你和周洛，是什么关系？"

终于来到了这一刻，她还是起了疑心！

空旷的病房，气氛有些不自然。

她直直看向他的眼睛，他的目光下意识地躲闪。

周恪心一横，决定说出早已编好的故事："我们是双胞胎兄弟。"

"双胞胎？"

"嗯，他是我的亲弟弟。"

女孩回忆着之前的种种，这个解释倒也说得通，尤其是一模一样的长相，很合理。于是她点点头："原来是这样……"

周恪在心底暗暗松了一口气："米艾，时间不早了，我就先回去了，你好好休息。"

他转身要走，她又一次在身后喊出他的名字："周恪！你可不可以……"

他驻足停留，等待着她的后半句话。

"可不可以带我出去走走？"身后传来她的声音，周恪瞬间怔住。

他转身："可是你的身体不允许吧？"

"我没事，只是吸入了乙醚，又不是腿残废了。这病房里太闷，待久了心情都不好了，我就是想出去呼吸一下新鲜空气，你就带我去嘛。"

女孩的笑容绽开在他的视线里。这份悸动与美好，似乎是命运馈赠给他的最珍贵的礼物……

周恪选择了跟随自己的心："好。"

米艾得到了他的同意，急忙掀开被子，有些虚弱地用手臂撑着床沿，伸长了双腿，努力寻找着地面上的鞋子，准备下床。

可就在她低头的一瞬，整个身体被打横抱起。

"你现在身体还很虚弱，别走路了。"不由分说地，他稳稳抱着她走出了病房。她的手臂紧紧环住他的脖颈。

一步一步……夜晚的气息包围了紧紧相依的两人。

米艾深深呼吸着新鲜的空气，抬眼，感慨："天上的星星好美啊……"

周恪垂眸看她，随后也抬头，看向那遥远的星星："嗯，很美。"

米艾没由来地问他："周恪，你相信这个世界上有天使吗？"

周恪的目光依旧遥望着天边的星光，语气低沉，如冬日的大提琴一般，弦音缓缓晕开在她的耳畔："你信的话，我就信。"

他的回答，着实令她惊讶。

下一秒，女孩继续陈述自己的想法："我是相信的，并且我始终都相信，每一个人，都会对应天上的一颗星星。而那颗星星，就是他命中的守护天使，一直保佑着他。"

米艾在他的怀里，贴近他的胸膛，听着他铿锵有力的心跳，一下又一下，扰乱了黑夜中呼吸的气流。

周恪语调依旧低沉："可是，阴天的时候，夜晚的天空是没有星星的。守护天使不在了，有些人就会遇到危险。"末了，他又补了一句，"就像我的父亲。"

米艾一惊。关于他的父亲……

曾几何时，周洛提到自己父亲时的神情，和眼前的周恪，一模一样。

周恪的声音轻微打着颤，像是在叹息："我的父亲，他在那个无星也无月的夜晚，永远地离开了这个世界……"

米艾下意识地拥紧他的脖颈，眼神里涌上无数晶莹。那种情绪，分明叫作心疼。

听到这里，米艾的泪水无声滑落，她的心脏一下又一下地抽痛。似乎有无数种情绪，穿越时光，冲破阻碍，从四面八方席卷而来。

"不管怎么样……"米艾喃喃着，既是自语，也是关切，"你一定要保护好自己……"

金三角的夜晚飘荡着温热的气息，就连人的意识都变得恍惚。于是，那些本该深埋在心底的悸动，那些不知对与错的纠缠，像嫩芽一样，在这一场甘霖的灌溉下，如春笋般破土而出……

"也许对你来说，使命是最重要的，"米艾在他怀里，看向他的眼眸满是疼惜，

"可对我而言，你的安全，才是最值得在乎的事情……"她紧紧揽住他的脖颈，在轻柔的风里闭紧眼睛。然后一点一点，靠近他的脸……

周洛没有躲避……

那一夜，星辉灿烂。女孩唇角的温度，烙印在他冰冷的侧脸……

隐蔽处，有相机快门的声音，快速地连连响起……

二分之一的抉择

再后来，由于米艾的身体过于虚弱，她脑袋一歪，便在他怀中沉沉睡去。

那个吻在他的侧脸短暂停留，便转瞬即逝。似是命运赠予的惊鸿一瞥，却足以用一生去铭记。

……

那一夜，她睡得很好。醒来的时候，阳光早就包围了整个房间。

当米艾睁开眼睛的那一刻，她万万没有想到，站在自己床前的竟然是陆谨言！

"陆、陆总！您怎么突然来了？"

陆谨言沉着脸，眉眼的线条紧绷着："我来看看，你到底能笨到什么程度。"

她自知总裁不好惹，急忙低下头，避开他的视线。

可陆谨言却沉声叫她："米艾。"

女孩复又抬起头："有事您吩咐。"

陆谨言的眉心蹙起："周洛宣布你是她女朋友这件事，你怎么看？"

犹如平地惊雷一般，陆谨言的这句话成功地让米艾头脑清醒。她的第一反应是给公司惹麻烦了，于是急忙道歉："陆总对不起，我会尽全力挽回这件事对公司造成的负面影……"

陆谨言打断她："我想听的不是这些。"

米艾疑惑地看着他："那您想听的是？"

"你喜欢他吗？"

米艾一时间竟有些不知所措。

陆谨言的唇线紧绷，神色沉暗："如果你喜欢他，我会尊重你的意愿，继续帮你们维持现在的关系。"

米艾怎么也没想到，他会这么说。

陆谨言继续说道："但是，如果你不喜欢他，只要你说出来，我就会立刻替你摆平一切。你不需要受任何委屈，不需要做任何人的挡箭牌。"

女孩的惊讶已经无法用语言来表达。这样的陆谨言，她仿佛是第一次认识。

犹豫了好久，她还是决定行使缓兵之计："陆总，您对我的关心，我很感谢。但是这件事，与喜不喜欢他无关吧。况且，有些情感，可能一句话说不清楚。所以……"

听她这么说，陆谨言心里猜到了八九分，眼底升腾起肉眼可见的失落。

******

姚语妍的房间。

"你们怎么做事的啊？！"这个浓妆艳抹的女人气急败坏地怒吼着，"不是说好的她从此不会再来找我的麻烦了吗？可是为什么米艾那个贱人现在会在医院！还被媒体拍到这样的照片！"

袁竹低头认错："语妍，你别动怒，我一定会查明情况的。"

姚语妍愤然道："好，我再给你最后一次机会，把握不住的话，你就辞职回家吧！"

******

泰国国际机场。

"尘飞！"南宫婉儿拉着行李箱回眸一笑，目光朝着叶尘飞所在的方向。

叶尘飞的眼里先是一喜，随即便是嗔怪："你怎么还是来了啊？不是告诉过你这里很危险的吗？"

"不怕！"女孩莞尔一笑，嘴角的梨涡装满了甜甜的蜜糖，"因为我相信，你可以保护我！"

叶尘飞无可奈何地摇头笑，伸手拉过她的行李箱。

******

靳凯歌的房间。

靳星一边吃着榴梿一边闲聊："爸，您觉得米艾这姑娘怎么样啊？"

"挺好的啊，乖巧机灵，性格温和，"靳凯歌觉得不对劲儿，"你怎么突然问这个问题？"

靳星放下手中的榴梿，一脸谄媚地说："老爸，您说米艾要是演戏的话，可以吗？"

"演戏啊？"靳凯歌摸着下巴眯着眼睛，开始了认真的思考，"她的脸好像还挺上镜的，身材也是偏瘦的，拍出来应该也很不错……加以训练的话，应该可以演戏。"

靳星一拍即合："哈哈哈哈！爸！那要不您就让米艾和周洛演对手戏好啦！"

靳凯歌愣住："……啊？"

合着这傻儿子是给别人配对啊。

******

米艾的病房。

陆谨言站在她床前，两人尴尬地对峙着，纠结着刚才的话题，不知该如何终结。

忽然，窗外的阳光变得耀眼，病房的门猛然被推开。

"米艾！"伴随着一声明朗的呼唤，金发男孩就这样出现在她的眼前。一如童话中的天使，披着五彩的霞光，盛装降临。

"米艾！你身体怎么样了？"话音未落，他早已冲到她的床前，紧握住她的手。

米艾还未来得及做出任何回应，就被周洛主导了一切："别动，让我好好看看你……"深邃的目光，像是古代最精致的容器，盛满了最上等的美酒。只一眼，就足以让人心醉。

陆谨言低咳："周洛，你当我是空气吗？"

周洛敛起笑："我当然不敢，您可是陆大总裁，谁敢把您当空气啊。"

简短的两句话，空气里似乎燃起了火药味。

陆谨言咄咄追问："说吧，那天在记者面前，为什么要说那些话？什么男朋友女朋友的，就算你不为自己的星途考虑，也要为女孩的名声考虑吧？"

周洛撇了撇嘴，不置可否："没有为什么。"

两个男人的目光对峙着，周洛的眼神里闪动着星河般动人的色彩："我只是在跟随自己的内心。我喜欢她，她也喜欢我。公开恋人关系，只是时间早晚的问题。"

米艾和陆谨言一样，同时怔在原地。

此刻的女孩，内心翻涌着万顷波涛。似乎有两个人，都住进了她的心里，难以抉择。

周洛……周恪……

默念着这两个萦绕心间的名字，米艾陷入了沉思！为什么，昨晚的她会主动去吻周恪的脸……为什么，面对周洛的表白，她会变得激动不已……

女孩开始迷惑了。她自己似乎也搞不清楚自己，这到底是怎么了？该不会……同时爱上了两个人吧？

病房的空气似乎凝固了一般，陆谨言和周洛的眼神中像是有火焰，噼里啪啦地灼烧。

陆谨言凛声道："周洛，你的事我无暇理会，可是牵扯到米艾，恕我不能袖手旁观。"

"哈，陆总，您好像有些本末倒置了吧？"周洛轻声一笑，嘴角勾出一个似有若无的弧度，"我才是您公司的艺人，而米艾只是我的助理，按照常理，您应该更关注我的动向才对啊？"

陆谨言语塞。

周洛乘胜追击："您现在过度关注我的助理，恐怕有些不妥吧？"

陆谨言十分不悦："周洛，我才是 HD 的总裁！还轮不到你来教训我。"

米艾见事不好，急忙出手阻拦："两位请停一下！"

米艾忽然喊了一声，陆谨言和周洛同时转过头来。

周洛的语气和神色，均是一百八十度大转变："米艾怎么啦？"

米艾还没想好劝架的措辞，嘟着嘴支支吾吾："我、我、那个、那个……"

陆谨言一脸的嫌疑，可眉眼的弧度却柔和了许多："你什么时候有了口吃的毛病？"

"我——"

陆谨言垂眸："有话快说。"

米艾慌忙之下，编了个最接地气的理由："两位，我刚才是想说，我……我饿了！"

陆谨言单手扶额，按揉额角："这么点儿事，值得如此大惊小怪吗？想吃什么？我立刻叫人送过来。"

周洛向前跨出一步，整个人挡在米艾和陆谨言中间："不好意思啊陆总，您日理万机太过耗神，像我女朋友吃饭这种小事，就不劳您费心了。"

话音刚落，金发男孩就转过身，对着她绽开阳光般的笑容："我最近新发现了一家宝藏餐馆，走，我带你出去吃。"

下一秒，在陆谨言惊讶的神情里，米艾被周洛打横抱起。

"陆总，请让一让，您挡到我和米艾的路了。"

"你——"此刻的陆谨言，就像哑巴吃了黄连。虽然愤怒，却也无可奈何，他没有任何理由去挽留她，只能侧身让路。

周洛粲然一笑："谢陆总啊！"大步流星地，男孩抱紧怀中的女孩。

她感受着他胸口的心跳，热情又炽热。这个温度……这个触感……米艾一瞬间竟有些恍惚。拥抱是很亲密的动作，她记得很清楚，此刻的感觉，和周恪带给自己的，如此相像……

米艾再次陷入了沉思。难道双胞胎之间，除了样貌，还有很多其他的地方都是相似的？但拥抱的感觉，却不应该一样。每个人都是独立的个体，理应是独一无二的，眼下的状况，该做何解释？

周洛在她耳畔唤了一声："米艾？"

她猛地抬起头，对上男孩明亮的眸子。

金发男孩凝视着她："你怎么了？好像有些心不在焉……"

米艾紧急收回思绪："我没事。"

"别想太多……"周洛收紧了自己的手臂，微微颔首，在女孩低头的时候，下巴恰好抵在女孩的发顶，"想吃什么，随便挑，我请客。"

简单的几个字，却如此轻易地让她动容。

微小而确定的幸运，就是渗透进日常的点点滴滴，是一食一饭、一步一景，是身边触手可及的那个人，在每个瞬间都能熨帖你的心。

"就喝冬阴功汤吧。"她说。

"好！"周洛坏笑了一下，"抱紧我啊！"

"……啊？"

米艾的话音未落，周洛便抱着她奔跑在阳光下，吓得米艾急忙抱紧他的脖颈。

"周洛，你慢一点儿。"

"你叫我慢我就慢啊？那多没面子，"周洛像个稚气的孩子，狡黠反驳，"我偏不慢！"

"走喽——"影子落在身后，被阳光斜斜地拉长。欢声伴着笑语，他们的脚步在地面画出甜蜜的轨迹……

******

野外废弃的仓库。

袁竹看着眼前的狼藉，暴怒捶墙："监视器被哪个孙子给拆了？"

未销毁的证据

袁竹那天事情做得不够利落，忘了销毁证据。可现在赶过来，却是空无一物。

"耳麦，耳麦呢？"袁竹的脸色瞬间变得惊慌，"耳麦怎么也不见了！是谁做的？"

愁云升起在他的眼底，一种不好的预感攫住了他。

******

一家专门做冬阴功汤的地道小馆子。

角落里的位置，两个年轻人围坐在桌旁，碗里升腾起热气。

"来，吃一口，这个虾特别鲜嫩！"男孩很自然地举起勺子送到女孩的嘴边。

米艾有些局促："那个……我自己来就好。"

周洛撇撇嘴，态度很坚决："你现在可是病人，我有义务照顾好你。"

米艾扶额："周洛呀，我虽然是病人，但我伤的不是手，吃个饭还是没问题的。"

周洛不听，执意把勺子送到她嘴边："听话，汤都该凉了。"

这一次，米艾没有推辞，轻轻张开嘴巴，呷一口，暖暖的汤进到胃里，整个人都满血复活。

他的眼里有星星点点的碎光，满怀期待地看向她："怎么样，好喝吗？"

米艾点头肯定："嗯，好喝。"

"那是，我亲自喂的。肯定好喝，来来，小米艾赶紧趁热再喝一口！"

"嗯！"她满怀期待，目光聚焦在他手上的勺子，舀起了香浓的汤，慢慢朝她递了过来。

眼看就要到她的嘴边了。

"刺溜——"周洛的脸却忽然凑近，一下子喝光了勺子里的汤，"嗯，真香！真好喝！"周洛夸张地拍了拍肚皮。

米艾嗔怪地抬手打他："周洛！你幼稚鬼啊！怎么还抢我的汤！"

周洛摸着被她打过的地方，佯装疼痛："嘶……你个小姑娘看着挺瘦弱，劲儿还不小。"

她信以为真，拉过他的手臂："打疼了吗？对不起啊，我看看有没有红。"

下一秒，金发大男孩忽然做了个鬼脸："略略，骗你的！我根本就不疼！"说罢还比了个健身秀肌肉的动作。

米艾气鼓鼓地瞪他："周洛！你闹够了没？"

"哎哟，我的米艾大人，别生气别生气！我错了我错了！我不接受你的道歉，抢汤之仇，不共戴天。下一口！下一口一定给你！"

打打闹闹的两个人。恍惚间，彼此都有种错觉，仿佛此刻的他们，正如这世间最普通的情侣一般。

******

而另一边，肖蕊满面严肃地通话："喂，楚医生，我想找您谈一谈周洛接下来的治疗方案。"

楚涵墨的声音从电话那头传来："没问题的，时间定在什么时候？"

肖蕊的语气里透着一丝丝为难："楚医生，我这边还有个合同要签，暂时走不开，时间定在今天下午三点可以吗？"

楚涵墨倒是答应得很痛快："可以。"

肖蕊急忙感谢："好的，楚医生，下午见！"

挂断电话，楚涵墨出神地望着窗外。亚热带的树木似乎永远都不会凋零。

满眼的鲜活。可是，又有谁来拯救干枯的他？

******

某酒店的电脑前，吴委看着屏幕里的照片嘴角上扬："这个新闻，我得好好酝酿一下，待到关键时刻爆出来！居然被我拍到这么珍贵的画面！哈哈哈哈哈！简直天助我也啊！这下子又能狠狠地赚一笔了！"

******

病房里的米艾独自躺在床上，半睡半醒地享受着午后的阳光。

嘟嘟嘟——嘟嘟嘟——

手机忽然震动。

米艾接通："喂，靳星，你怎么突然打电话给我啊？"

电话那头传来兴奋的声音："我亲爱的米艾，你猜猜我现在在哪里？"

米艾耐着性子陪他演这种无聊的猜猜猜戏码："商场？还是电影院？"

"不对不对！"靳星的周围似乎有杂音，"你再猜！"

"这些都不对的话……那我还真猜不出来你在哪里，"米艾斜睨着窗外的太阳，随口说了一句，"总不能你也来金三角了吧？"

"猜对了！"

米艾震惊："什么？你真来了？"

"对啊，我来金三角了！"

米艾感觉太阳穴直突突，急忙伸手按压，缓缓地揉："你不好好待在国内当你的大少爷，来金三角干什么？跑来这里受苦吗？"

靳星："不不不，我可不是来受苦的！我是来追求自己的自由与远方的！"

"咳咳咳……"刚刚喝了一口水的米艾，听到靳星信誓旦旦的发言，猛然被呛到。

靳星："不至于吧？这么惊讶的吗？"

米艾："自由与远方？你该不会是大少爷生活过腻了吧？特意赶来这么远体验人间疾苦？"

靳星："我哪是什么大少爷啊。再说了，你都能在这里生活得好好的，我怎么不能来？"

米艾："那你可做好思想准备哦，这里的蚊子比马蜂还大，你别被折磨得哭鼻子就行。"

靳星："我不怕蚊子，也不怕马蜂。哎呀米艾，你怎么尽说风凉话呀，到底欢不欢迎我啊？"

米艾："欢迎欢迎，当然欢迎啦！剧组旁边的医院，你过来吧。"

靳星："你在医院？"

米艾："对啊。"

靳星："好端端的你干什么去医院啊？"

米艾："哎……一言难尽，你来了就知道了。"

靳星："好。你等着我啊，我立刻飞奔过去！"

******

周洛的房间。

楚涵墨为周洛进行心理治疗。

"来，看着我手中的摆锤。"

一下又一下，摆锤在周洛的眼前左右晃动。

楚涵墨的声音缓慢而悠远："想象你现在正在一架直升机上面，俯瞰着辽阔的大地。"

随着摆锤的继续晃动，慢慢地，周洛闭上了眼睛。

楚涵墨保持着缓慢的语速，低声问他："很好，你已经很累了，需要放松。对，就是这样……现在，告诉我你看见了什么？"

周洛闭着眼，仿佛一只提线木偶，机械地回答："我看到了无边的大地……"

楚涵墨追问："还有呢？"

"还有大朵大朵的白云……"

"还有呢？"

周洛的眉心骤然蹙起："还有一个女孩……"

楚涵墨的手瞬间僵住。指尖接触到摆锤的地方，冰冷无比。

"那个女孩是谁？"

周洛紧闭着双眼，左右摇头，面部表情很焦急："我看不到……我看不到她的正脸……她背对着我……"

楚涵墨调整了呼吸，继续保持着专业的态度："告诉我，你所看到的背影特征。"

问出这句话的时候，楚涵墨的心脏没来由地紧张起来——那个答案，他期待听到，却又害怕听到。

周洛的眉心似乎舒展开了一些："我看到了一头长长的卷发……"

啪——！

楚涵墨手中的摆锤瞬间坠落地面。

周洛从催眠中惊醒过来。

楚涵墨俯下身去捡地上的摆锤："抱歉。我不小心手滑了，很抱歉中止了治疗。"

"没关系的楚医生，我们还要继续吗？"

楚涵墨依旧俯身蹲在地上，下意识地将摆锤紧紧攥在掌心，尽力掩去那些不理智的情绪，片刻后才终于直起身："很抱歉，我今天状态不是很好，本次治疗就先到这里吧。"

周洛表示理解："好，那您先回去休息。"

楚涵墨点头："嗯，告辞。"

随着楚涵墨推门而去的动作，周洛隐约发现了今天下午的异样：一向沉稳的医生，今天却如此慌张，甚至把摆锤掉在了地上，他不应该这么不专业的……

可周洛却又想不通问题出在哪儿。

******

医院。

"米艾！米艾我来了！"

一听这咋咋呼呼的声音，她就知道是靳星来了。

米艾无奈摇头，冲他笑："还真是未见其人，先闻其声啊，大老远我就听见你在叫我名字了，什么事这么着急啊？"

靳星把大大小小的礼物袋放到地上，冲过去拥抱她："当然是因为想你啊！你都不知道，你来金三角的这段时间，我自己在国内都快无聊透了！"

靳星松开她，左右看了看，满脸的关切："对了，你这是怎么了？怎么会突然住院？"

米艾叹口气："说出来你可能不信。我呢，被绑架了。"

"什么？"靳星瞬间义愤填膺地叉腰，"谁这么大胆子？居然敢绑我的米艾！"

"嘘——"米艾压低了声音，示意靳星靠近一点儿，"是姚语妍的经纪人袁竹，他绑的我。"

靳星气急败坏："他是活腻了吧！为什么要绑架你？"

米艾再次叹气："唉……还不都是因为周洛……"

靳星不解："什么意思？"

米艾伸手拿过桌上的香蕉，扒了皮，咬下一大口，边嚼边说："周洛为了澄清自己是男同性恋的绯闻，就在媒体面前宣布我是他的女朋友。"

靳星震惊得不敢相信："我这是断网了吗？怎么错过了这么多新闻！"

米艾嚼着香蕉，口齿不清："你不知道的还多着呢，就比如，那个姚语妍喜欢周洛很久了，听到周洛说我是他女朋友，估计是气坏了，所以才找人绑了我。"

"我的天！"靳星心疼坏了，"那你怎么没去报警啊？"

米艾摆摆手："冤家宜解不宜结，况且我又没什么大事，而且姚语妍他们和周洛在同一个剧组，我不想把事情闹大，低头不见抬头见的……"

靳星满脸的心疼，见她吃完香蕉，便又给她递了一根："唉，你说说你呀，怎么就这么善良……老替别人着想，什么时候想想你自己？"

米艾导师心态很好："哎呀不说我了。说说你吧，你不是要我当你的爱情军师吗？"

靳星只能顺着她："好吧，那就聊我……"

你一言我一语，米艾和靳星聊得酣畅淋漓。不知不觉，落日余晖消失在遥远的天际，夜色开始弥漫……

咚咚咚——咚咚咚——

米艾看向门口："有人敲门？"

靳星起身："我好像也听到了，等我过去看看。"

吱呀——

拉开门的一瞬间，靳星吓得目瞪口呆，嘴里的半个苹果一下子掉到了地上："周、周洛，你怎么突发奇想去染头发了？最近圈里流行黑色吗？"

周恪没有回答，路过靳星径直走向米艾。

靳星在背后蹬他："周洛，我问你话呢，你怎么这么没礼貌啊！"

周恪无视身后的嘈杂，在米艾的床边站定："今天感觉怎么样，好些了吗？"

"嗯，好很多了。"米艾抬脸望着周恪，他的神色似乎有些疲惫，于是脱口而出地关心他，"周恪，你怎这么憔悴，是去执行任务了吗？"

"等等！周恪？"还没等周恪回答，靳星便冲到了他们中间，"米艾你是不是疯了？你刚叫他什么？周恪？他不是叫周洛吗！"

米艾这才想起来，靳星好像什么都不知道，只能硬着头皮解释："他不是周洛。他叫周恪，是周洛的双胞胎哥哥。"

"双胞胎啊，"靳星不禁多打量了几眼，"啧啧，还真是长得一模一样呢。"

然而，并没有人理会靳星的感慨。

周恪望着米艾："如果方便的话，再陪我看一次星星？"

"看星星？"米艾一下子想起了那个夜晚，她和周恪看星星的时候，她竟然亲了他的脸！

周恪并没有意识到女孩激烈的心理斗争，只是进行着最平常的解释："今天天气很好，没有云层遮挡，天上的星星很多，你刚好可以出去透透气。"

米艾似乎没有理由拒绝，所以点点头。

周恪温柔地把女孩扶下床，然后脱下自己的外套，环住米艾的肩膀。

瞬间，温暖将她紧紧包围。

外套上弥漫着周恪的气息。米艾的耳根悄悄蔓延上一抹绯红……

原来爱情也有时差

静谧的夜空下，满天的星光闪烁。周恪与米艾比肩而立，抬眼望着那些遥远的光芒。

周恪忽然低声问她："你冷吗？"

米艾摇头："不冷。"

"不冷的话，我们可以往高处走一走，那里视野会更好。"

米艾肯定了周恪的提议，两人并排往高处走去。

亚热带的夜晚，清清爽爽，空气里弥漫着淡淡的花香。

周恪忽然感慨："今晚的星空真美。"

米艾表示肯定："嗯，很美。"

抬头仰望，湛蓝色的夜空深邃又迷人。

周恪的嘴角微微扬起温暖的弧度，说出来的话却冷静无比："其实我以前并不喜欢星星。"

米艾讶异地转头，望着周恪立体冷峻的侧脸。

夜色里似乎弥漫着薄薄的雾气，少年的轮廓渐渐有些模糊。

他喃喃着，近乎自言自语："印象里，小时候，父亲为了让我不沉迷电子产品，保护我的视力，常常以各种理由哄骗我去看星星，因为登高望远有利于保护视力。他教会了我很多天文知识，每一个季节，对应着不同的星座。因为我那时候很矮，父亲就让我骑在他的肩头。那个时候，夜空总是很美，星星总是很亮。直到后来，父亲去世了……"

"可母亲告诉我，他并没有离开我们。"他的眼眸渐渐潮湿，失落的样子令人心疼，"他只是去了很遥远的天空，变成了夜晚的星星。每一个晴朗的夜，只要抬头，就能看到父亲，他在天上看着我们……"

说到这里，周恪忽然转过头，深深凝望着身侧的女孩："所以，你那天晚上说的话，和我母亲说的很像。你说每个人都对应着天上的一颗星星，那颗星星是守护天使。可能我的父亲，确实已经成了天使……"

"周恪，别难过……"米艾不自觉地挪了挪脚步，站得离他更近一点儿。

"我不难过……"周恪自顾自说着，像是自我安慰，"所以，我就很喜欢夜晚，喜欢在晴朗的天气去看漫天的星辰。"

男生微微停顿了一下，眼神望向遥远的夜空，似乎要把整片星海都看穿。

"这样，我就会觉得，父亲还在我的身边……"

米艾的鼻子微微酸了一下："嗯……他没有离开你……他会一直在天上看着你……永远守护着你……"

很多很多时候，语言的力量真的有限。一如现在的米艾，穷极措辞，也不知该怎样去宽慰身旁的男生。

"米艾……"周恪低声唤她的名字。

这两个音节仿佛是世界上最美好的存在。

米艾轻声回应："我在。"

周洛轻轻转身，直视着女孩的眼睛："我正在做的事情，很危险……就像……"

他的眼底泛着晶莹，语气里似乎染上微弱的哽咽，"就像父亲当年一样……也许有一天，我也会突然从这个世界消失……从你的身边——"

"呸呸呸！不会的！"米艾慌忙踮起脚，用指尖盖住他的唇，阻止他接下来要说的话，"不会的！你不会有危险的！"

女孩用力地摇着头："周恪，你不能有危险，我不允许……"

周恪的心底微微一颤，他不明白这些情感。他只知道，他不能贪恋任何的美好。从一开始，他就是来自黑夜的人，穷极一生，只是为了替父亲报仇，他不需要看到太阳，他只需要躲在黑暗里，举起明晃晃的利刃，刺向那肮脏的地方……漫长而久远的时光里，他早已认定了一个事实——所有的一切痛苦、愤恨、悲伤，都由他独自一人来承受。他走不出这漫漫长夜了……

"可是米艾……"周恪微微颔首，看着眼前的女孩，"你为什么要担心我？"

女孩思索着答案，却被他抢了先，"我又不是你的什么人！"

时光瞬间变得静寂，偌大的天穹氤氲成琉璃般的幕布。

米艾怔怔地愣在原地，嘴巴微微颤动，却始终没有说出一个音节……

后来，他送她回去，在她的床边看着她入睡。

深夜的梦如期而至……

"不要……不要走……"睡梦中的女孩不安地呓语，额角有冷汗渗出。

"不走……"周恪握紧她的手，嘴角有向上的弧度，"我不走……"

夜色渐渐消失在曙光里，世间万物迎来了又一个黎明。

……

"米艾！米艾起床啦！"

伴随着清晨的阳光，米艾睁开惺忪的睡眼，一眼就看见床边的肖蕊："蕊姐，你怎么会在这里？我不是在做梦吧？"

肖蕊轻轻捏了捏她的脸："疼吗？"

米艾点点头："疼。"

"哈哈，疼就对了，"肖蕊挥了挥手中的合同，"疼就代表这不是做梦。医生说你身体已经没什么问题了，你赶快起床收拾收拾，跟我去见导演。"

米艾有点儿迷糊："我去见导演？我一个助理见导演干什么？"

肖蕊满眼兴奋："我跟你说，靳导那边觉得姚语妍演的女主不太出彩。他们导演组重新研究了一下剧本，觉得你的条件很合适！"

米艾更迷糊了："什么意思？"

肖蕊轻敲米艾的头："傻姑娘，意思就是，导演让你去演女主！"

"什么？我演女主？！"米艾惊讶得差点儿没从床上掉下来，"可是我又不会演戏！靳导是不是搞错了？"

"没搞错！"伴随着一个爽朗的声音，靳星从病房门口走了进来，"那个姚语妍人品不行，我让我爸把她换掉了！"

"靳星！你在说什么啊？演女主这种事怎么能胡来！"米艾急得脸颊通红。

靳星比了个发誓的手势："米艾，我一点儿都没有胡来，这个决定可是相当认真的！你看你长得多好看呀，身材也好，这样的外形条件不拍戏浪费了！"

"你——！"米艾气急败坏地跳下床，一把抓住靳星的手臂，"你以为拍电视剧是儿戏吗？我毫无经验，拍出来的东西能看吗！你赶紧让你爸重新找一个女主。"

"哎哟，我的小米艾呀，生气会让你变老的，"靳星急忙满脸堆笑地哄她，"你想啊，这次你是和周洛一起拍戏哟。"

见她微微愣住，靳星忙补充道："还是情侣档呢，肯定备受关注，到时候你就一炮而红啦！"

"靳星！"米艾回过神来，狠狠掐他的手臂，"我又不想红！"

靳星忙求饶："哎呀呀！疼！好好好！你不想红！那就当是帮我好了吧！帮

我为这部戏多赚些钱！"

米艾无语："万恶的资本家！"

肖蕊揉了揉嗡嗡作响的太阳穴："哎哟喂，你们两个活宝可消停会儿吧。米艾你就别怪靳星了，在我眼里你可不是会临阵逃脱的人，打起精神，赶快去洗漱！"

米艾狠狠瞪了靳星一眼，最终还是无可奈何地选择了服从。

******

三天后。

《无冕英雄》拍摄片场。

靳凯歌："来，各部门准备！这一场戏先试一下！"

镜头里的米艾显得有些局促，看得靳导直皱眉。

靳凯歌："卡！那个米艾，你状态不行啊！没有入戏！"

"导演对不起……"米艾愧疚地连连鞠躬致歉，"真的很不好意思……"

"靳导，"周洛走到导演身旁，递过去一杯咖啡，"不如我们先休息半个小时吧，我去帮米艾找找状态，磨刀不误砍柴工。"

靳凯歌想了想，表示肯定："行，那这样吧，全体人员注意啊，大家休息半个小时！"

还没等米艾反应过来，右手早就被金发男孩握在掌心："米艾，跟我走！"

男孩牵着女孩，一路奔跑。终于，在一片小小的池塘旁边，停下了脚步。

周洛大口呼吸着，回头看向女孩："米艾，来跟我说说吧，为什么一拍戏你就会变得很僵硬呢？是有什么顾虑吗？"

米艾同样大口喘着气："我也不知道为什么，就觉得投入不进去，而且看到摄像机和工作人员就会变得特别紧张……"

周洛粲然一笑："这个没关系的，我有办法解决！"

"什么办法？"米艾半信半疑地看着他。

周洛伸出手，缓缓箍住女孩的肩膀："来，直视着我的眼睛。"

米艾按照他说的去做，他的瞳孔里，倒映出女孩的面容。

周洛压低了声音，用语言缓缓引导："尝试在我眼睛里看到你的轮廓。"

米艾点点头："嗯，看到了。"

周洛温柔地注视着米艾，眼神里渐渐有光蔓延开来："你就想象，现在的你，变成了两个。一个你，要变成故事中的人物。随着角色的开心而开心，随着角色的难过而难过。"

女孩认认真真听着他的话，两人久久地对视着，周洛的声音继续弥漫开来："另一个你，却要缓缓抽离。用第三视角，审视这一切。"

一字一句，周洛试图把自己拍戏的经验用最浅显的方式让她听懂："你既要投入，又要抽离。剧中的人物，只是一半的你。"周洛缓缓俯身，双手轻握住她的肩膀，"米艾，这样说你能明白吗？"

"嗯，"米艾点头，"好像明白了……"

周洛的嘴角扬起笑容，他忍不住伸出手轻轻捏了捏米艾的鼻尖："傻米艾，以后遇到不懂的事随时都可以问我，不要自己瞎琢磨，知道了吗？"

傻米艾？

这个充满暧昧的昵称，令米艾的耳郭忽地红了一片……

周洛继续提醒她："还有，拍戏的时候记得要专心看我。忽略掉一切的干扰，想象周围只有我们两个人。没有导演，没有摄像师，也没有其他工作人员。"

米艾似乎觉得心里通透了不少："嗯，我懂了。"

周洛的这番话让她明白，超高人气的背后，不是只有高颜值的外表加持，更多的是他刻苦的钻研和用心的付出。

"周洛，谢谢你啊。"

他却撇了撇嘴："不许跟我客气，什么谢不谢的，你只管坦然接受就好。"

周洛重新牵起她的手，迎着阳光奔跑，把影子抛在背后。

"走吧傻米艾！这次一定没问题的！"

片场来客

拍摄现场。

恰到好处的温度，就连空气里都飘荡着甜甜的气息。

这一场戏，再次拍摄的时候果然非常顺利。

"卡！非常好！这次简直完美！"微微有些发福的靳导手捧剧本，笑得满面春风。似乎就连脸上的脂肪都跟着开心地跳跃。

"哈哈哈……！"远处传来一阵爽朗的笑声，大家纷纷侧目，看着一位气宇轩昂的中年男人踱步而来，"演员们表现得很不错啊！"范仁拍手称赞。

靳凯歌见状，急忙从座位上起身："哟，范总来啦！"

肖蕊也急忙迎上前去："范总您来怎么不提前通知一声，我们好去接您啊！"

大家纷纷起身欢迎范仁——他是这部电视剧的最大投资方，兼制片人。

"哈哈哈，不必如此客气！"范仁身穿黑色的长款风衣，头发梳得很整齐，腰板挺得直直的，一脸慈祥地对大家微笑，"我之所以没提前通知大家，就是想来个突击检查，结果你们没让我失望啊！演职人员和幕后人员都十分敬业！很好！"

靳凯歌挠了挠头，不好意思地笑了："那还不都是这您选的团队好！"

肖蕊随声附和："对对对！多亏了范总您知人善任！"

范仁似乎很受用这些马屁："哈哈哈，你们呀，就知道讨我欢心。"

肖蕊接过话："范总您可是知道的，我和靳导是出了名的心眼直，从来都只会说实话的。"

范仁更开心了："哈哈哈，好好好！这是我们大家共同的功劳！"

靳凯歌及时接住话尾："哈哈哈，还得是范总啊，这总结得多到位！"

生意场上的社交大抵如此，免不了阿谀奉承与逢场作戏。就在大家纷纷大笑的时候，范仁脸上的肌肉忽然僵住："这个女孩……她是谁？"

"范总，您说的是哪个女孩啊？"靳凯歌和肖蕊同时露出了疑惑的神情。

顺着范仁手指的方向，靳凯歌看清了那个人："嗐，您说的是她呀！这是我新换的女主角，叫米艾。"

范仁的眉心几不可查地皱起："哦？我记得原来的女主角好像不是她呀。"

范仁的语气有些严肃，靳凯歌忽然紧张了起来："是这样的范总，原来的女主角姚语妍因为人品问题被换掉了。这不就找了个新的……"

范仁反问："什么人品问题？"

靳凯歌也不知道为什么范仁的情绪变化这么快，只能硬着头皮如实解释："我们剧组发生了一次恶意绑架事件，经调查证实与姚小姐有直接关系。"靳凯歌忐忑不安地盯着范仁，只见他的眉心蹙起，紧盯着远处和周洛并排坐在椅子上休息的米艾，"所以……所以我们就……"

范仁有意识地控制自己的表情，尽量不让别人看出异样："嗯，我了解了。下次再有这种事情，务必事先通知我。"

靳凯歌忙不迭鞠躬："好的范总，这次是我失误了，下不为例！"

范仁摆了摆手："嗯，没什么事的话，我就先回酒店休息了。"

靳凯歌再次鞠躬："好的，范总慢走！"

肖蕊也跟上来送了几步："范总，您慢走啊！"

黑色风衣的身影渐渐远去，靳凯歌这才急忙拿出纸巾擦拭额头上的汗水："呼……这财神爷可真是不好伺候啊，变脸比变天还快！"他喝了一口咖啡，接着说："来来来，各部门准备，下一场戏五分钟后开拍！"

远处的米艾和周洛急忙从椅子上弹起来。

米艾瞪着眼，鼓着脸："呼——呼——"

"米艾，你这是干什么呢？"周洛一脸疑惑地凑近她，低下头饶有兴致地看着她的脸，"哈哈哈，小脸都要鼓成金鱼了！怎么，不想当演员，改行超级模仿秀了？啧，你别说，这段模仿还怪逼真的，金鱼看了都要给你打个满分！"

他边说边在她的脸颊轻轻捏了一下。

米艾急忙躲开，小脸红扑扑的："周洛，你别乱动！我在练习腹式呼吸呢，据说可以有效缓解紧张情绪。你这么一捏我都破功了！"

周洛忍俊不禁："噗……米艾呀米艾，你是不是吃可爱多长大的呀？"

女孩气鼓鼓地嘟嘴瞪他，男孩却笑得更加开心了。

不远处传来靳凯歌的声音："各部门准备！这一场马上开始！"

周洛忽然凑近，目光直视着她："米艾，我告诉你一个缓解紧张的秘诀吧。"

"什么秘诀？"女孩的目光里有些许怀疑。

周洛咧开嘴角："你等一下就知道了，听话，先闭上眼睛。"

米艾迟疑着。

周洛："哎呀，时间就快来不及了，你快点儿闭上眼睛！"

"好吧好吧……"米艾半信半疑地照做，合上双眼。

周洛提醒道："闭紧了啊！要不然没有用！"

"嗯，闭紧了。然后呢？"

"然后……"周洛的声音低了下去，尾音甚至有些沙哑。细微的绯红，顺着他的耳郭，一路蔓延，直到他的脸颊。他的双腿迟疑了一秒，还是跨出了那步——

"然后……就像这样……"他站在离她很近的地方，缓缓伸出手臂，拥她入怀。

女孩的身躯微微一怔，似乎被这突如其来的举动吓到了。

而他拥她更紧，不给她任何逃离的机会。

他微微垂下头，继续拉近了两人的距离，用下巴温柔地蹭着她的肩窝。温柔却带点儿沙哑的嗓音，自她耳侧缓缓晕开："这是我知道的治疗紧张情绪最好的办法了……请问米艾小姐，现在有没有感觉好一些呢？"

"嗯……好多了。"她的心不再挣扎，放任自己沉浸在这温暖的怀抱。

希望美好的时光，可以慢点儿流逝。

如果可以……地老天荒好不好……

咔嚓——咔嚓——咔嚓——

几声迅速又果断的快门声在隐蔽处接连响起，而片场的大家都在忙碌，并没有发现这些可疑的声响。

周洛结束了这个拥抱，对着面前的女孩鼓励道："要开始拍下一场了，继续按我教你的去做，这次肯定一条过！"

阳光流泻在他的睫毛上，上下忽闪。似乎把炽热的光芒扇动进她的心里。

……

靳凯歌："3——2——1——Action！"

镜头里的米艾，似乎比上一场从容了许多。好像，她并不是一个小透明，而是一个天生的演员。每一个眼神、每一个动作，都是满满的戏。

靳凯歌："卡！非常好！真的太好了！"

米艾鞠躬致谢："谢谢导演！"

周洛见缝插针地又给导演递上一盘新鲜水果："不得不说，靳导，您真有眼光！换米艾当女主是这部戏最正确的决定！"

靳凯歌把一块榴梿塞进嘴里："哈哈哈，你小子！就是嘴甜！"

工作人员们纷纷催促："赶快去休息吧米艾，咱们女主角可别累坏了。"

米艾向大家鞠躬："嗯，谢谢大家。"

金发男孩急忙跑到物品存放处拿了两瓶水，这活蹦乱跳的样子，似乎拍戏根本没有消耗他任何的能量。

"来，喝水。"

米艾接过水，发现瓶盖已经被细心地拧开了。她喝了几口，忽然皱起眉头："这水怎么有一股柠檬味？"

周洛笑了笑："我今天早上偷偷把这瓶水换成柠檬水的。你是第一次拍戏，不太适应这么高强度的戏份，我怕你说话太多喉咙会难受……"

"谢谢你啊周洛。"女孩的指尖紧紧捏住瓶身，似乎这瓶水比任何宝贝都要珍贵。

温暖的天气，男孩与女孩相视而笑。这幅画面，永远地定格在时光隧道的某一个时刻。

"米艾！米艾！"远处忽然传来一阵兴奋的呼喊，大家纷纷转头望过去——

"米艾大明星！我来探班啦！"

微醺长夜

一个女孩站在远处，高高地举起手中的应援牌，使劲儿挥舞着："米艾米艾，今生所爱！爱米爱米，永远爱你！"

人群中议论纷纷——这米艾才刚当女主角，就有死忠粉①了？厉害厉害……

米艾定睛，看清来人："菲菲！"她简直不可置信，"你怎么来啦？"

说话间，她向着胡菲大步奔去，长长的发丝扬起在风中，阳光在丝缕之间渲染开七色的油彩。两个女孩子激动地拥抱在一起。

胡菲："米艾！你可把我想死了！"

米艾："菲菲，我也想你啊！"

"对了，你怎么突然来金三角了呢？"米艾稍稍离开胡菲一点，望着她风尘仆仆的样子心疼不已。

胡菲："哎呀，你自己跑这么大老远，我放心不下你嘛！所以一考完试就来啦！"

---

①死忠粉：指死心塌地的迷恋、崇拜者。

"就只有放心不下我这么简单？"米艾的第六感告诉她，事情似乎并不像胡菲所说的那样，"真的没有其他事情？"

"哎呀米艾，你也想太多了吧。我就是想你了才会过来看你啊，你来金三角都不给我发视频了，"胡菲挽住米艾的手臂，像往常一样撒娇似的左右摇晃，"所以你必须请我吃大餐作为补偿！"

米艾："好好好！等我收工了就带你去吃好吃的！"

胡菲："嗯嗯！我的米艾最好啦！"

米艾的嘴角依旧挂着笑容，可她的心里却更加坚定了一开始的想法——胡菲这次来一定不只是探班这么简单！她太了解胡菲了，撒谎的时候她眼神会躲闪。幸好刚才自己没有拆穿她，而是顺着她的谎话演了下去。

这是米艾第一次觉得，原来练习演技的好处不仅在于拍戏的时候可以更加得心应手，更在于现实生活中可以伪装自己的内心。

有时候，伪装并不是一件坏事吧……就譬如现在，伪装着不去拆穿，似乎对彼此都好。

米艾："菲菲，我先去准备下一场戏了，你去那边休息区坐一下。"

胡菲："嗯嗯，快去吧！不用管我。周洛一直往这边看你呢，别让他等急了，哈哈哈！"

米艾回头，果然迎上金发男孩的炽热的目光。

米艾："那我就先过去了。"

胡菲："嗯嗯，快去找他吧！"

米艾转身，向着男孩大步走去，距离一点一点变近，她的心里似乎升起一股很奇妙的感觉。

虽然和他的情侣关系是假的，但相处过程中的体验都是真的啊……不如，别去想以后会有什么结果。就这样,珍惜当下的时光……拥有了现在,才会未来可期。

后来，终于结束了一天的拍摄，米艾可算是体会到了演员的不易。

原来爸爸妈妈从小教育她的事情都是对的，任何光鲜亮丽的表面背后，都潜藏着鲜为人知的心酸与坚持。各行各业，都是如此。

"周洛，我和菲菲约好要去吃东西，就先走了啊。"米艾换好便装从更衣室里出来，一边对周洛说话一边抓起旁边的背包。她刚要推门而出，就听见身后的男孩心急地大喊——

"哎哎！我也饿了呀，你怎么不带我去吃东西？"

米艾停下脚步，无奈地摇摇头："周洛，我朋友远道而来，一起吃个饭是必需的。"

周洛耸了耸肩："哦，那好吧。祝你和你朋友吃得开心。"不管怎么听，这语气里都透着一股酸酸的味道。

看着金发男孩不情愿的模样，米艾忍不住轻笑出声，安慰道："别不开心啊，我晚上要是回来得早就给你带好吃的。"

"那太好——"周洛刚想一口答应，却又转念一想——不行！到晚上要是周恪出来怎么办？不能让那小子占了便宜！

于是他急忙摆摆手："米艾你就好好和朋友吃饭吧，不用管我。"

米艾看了眼时间，有些来不及了，便急急赶去片场休息区。

胡菲："哎呀！我的小艾艾！你总算来了呀！"

米艾："对不起，对不起，我刚刚换衣服太磨叽了。"

胡菲忽然一脸坏笑地凑过来："是换衣服太磨叽了，还是跟某位大明星卿卿我我了呀？"

"菲菲你——"米艾瞬间涨红了脸，不知道该用什么措辞来辩解。

胡菲："好了，不逗你了，赶快走吧，我都饿坏了！"

米艾："嗯！我带你去吃正宗的东南亚菜！"

两个女孩手挽着手走出片场，环顾四周，路上寂寥无比。

米艾："怎么没有出租车啊……"

胡菲："别急，应该过一会儿就有车了吧。"

米艾："可是，片场有一点儿偏僻，我担心……"

"坐我的车吧。"身后传来低沉的男声，米艾和胡菲同时回头。一位西装革履的笔挺男士朝她们走来。

米艾急忙寒暄："陆总，这么晚了您怎么还没回去？"

陆谨言皱了皱眉道："怎么，听你这话的意思，很不希望看到我？"

米艾拍了拍自己的脑门："啊……没有没有！陆总您误会了，我的意思是——"

男人不给她解释的机会，直接问重点："要去哪儿？我开车送你。"

米艾看了眼时间，似乎坐陆总的车是最佳选择，于是小心翼翼地询问："我们要去……店名字我忘了，就那家咖喱鸡做得特好的餐厅，您知道吗？"

陆谨言一脸嫌弃："你说的是'咖喱小馆'吧？"

米艾猛拍大腿："对对对，就是那家！"

"这么简单的店名都能忘，你这脑子也是真的可以，"陆谨言一边嫌弃一边宠溺地拉开车门，"上去吧。"

"额，那……"米艾偷偷瞥了一眼胡菲，她担心那天胡迪忌日发生的事会让胡菲再见到陆谨言时觉得尴尬。可谁知胡菲一脸坦然，就像什么事都没发生一样地道："那就麻烦陆总啦，谢谢。"随即大方一笑，拉开车门就坐进了车后座。

西装革履的男生斜睨着米艾："你呢？"

"啊？哦！"米艾这才反应过来，急忙跟着胡菲坐进了车后座。

车子缓缓发动。

米艾按下车窗，把脸扭向窗外，装作看风景的样子。心里却暗暗感慨，这种尴尬的场景，她这辈子再也不想遇到第二次了……

与此同时，胡菲直直地盯着车前方的后视镜。看着陆谨言认真开车的样子，心里不禁泛起悸动的涟漪……

两个你，一颗心

"咳咳咳咳咳！"忽然，米艾剧烈地咳嗽起来。

陆谨言把目光投向反光镜，从那里可以清晰地看见后座的米艾："怎么了，不舒服吗？"语气里满满都是关切。

胡菲害怕被陆谨言看穿自己的心，急忙收回自己的目光，转而关心米艾："那个……米艾，你是不是拍戏太累感冒了啊？"

胡菲拼命掩饰着自己的情绪，可米艾还是发现了其中的异样。她太了解自己的闺密了，小女生的情绪在她面前展露无遗。

米艾最担心的事情似乎还是发生了——胡菲是真的对陆谨言动了心。

"没事，就是嗓子有点儿不舒服而已，"米艾敛起所有情绪，恢复了平静，"可能是今天拍戏说话太多，你们不用管我。"

后视镜里的陆谨言目光关切："别瞎逞强，等下会路过一家药店，我去帮你买药。"

男人紧握着方向盘，双眉蹙起。不容置疑的语气，像是一道出鞘的利剑，威严、笃定。

胡菲："米艾，你拍戏那么累，一定要多休息。"

米艾："嗯，我会注意的，你别担心了啊。"她缓缓握紧胡菲的手。那指尖冰凉，僵硬。

正当她愣神的时候，车子忽然刹住了，男人大步流星地下车。

几分钟后，陆谨言重新坐回车里，手上提了一堆东西，递向后座，"给，你的药。"

米艾接过袋子，刚想道谢，驾驶座的人却紧接着解释道："对了，袋子里有热牛奶，用它送服的话，胃会舒服一些。"

米艾低下头，咬住下唇："……谢谢陆总。"

她忽然之间有些不知所措，整个人坐得僵直，甚至连指尖都是僵硬的。

陆谨言重新提起另一个袋子，递向后座："还有这个，给你的。"

胡菲瞬间瞪大了眼睛，看着陆谨言递过来的奶茶不知所措："这……是给我的吗？"

"嗯。"陆谨言并没有看她，单手拉过安全带，插进卡扣。

胡菲的手似乎有些颤抖，接过那杯热乎乎的奶茶，嘴角有笑容悄悄蔓延开来："谢谢！"

陆谨言没有回应，转身握紧方向盘，发动了引擎继续前进。

胡菲紧紧握着那杯奶茶，嘴角的笑一直没有散去。

米艾紧握着牛奶，歪头看向胡菲，眉眼之间升起浓郁的不安——为什么，看到胡菲这样，她总觉得会有不好的事要发生……

刺啦——

刹车的声音再次响起，米艾这才把思绪拉了回来。

陆谨言面无表情地提醒："到了。"

"谢谢陆总，再见。"米艾急忙拉起胡菲的手，利落地扳动门把手，下车，一气呵成。

望着陆谨言的车渐渐走远，米艾这才终于松了口气。

胡菲："米艾，你很怕陆谨言吗？"

米艾："倒也不是害怕，就是觉得气场不太合。"

胡菲："其实我觉得他人还挺好的。又帅又有钱，还懂得关心人。"

米艾急忙扳过胡菲的肩膀，推着她往餐厅走，试图转移她的注意力："哎呀别愣着了，快走吧！我真的好饿，今天一定要吃到十二分饱！"

……

两小时后。

胡菲扶着米艾，米艾扶着肚子，两个人左摇右晃走出了餐厅。

米艾："这个咖喱鸡真的超级——嗝！"

胡菲："米艾，你怎么一下子吃了三人份的饭！剧组是贫民窟吗，怎么饿成这样啊？"

"菲菲你不知道，我、我们剧组都不让我吃饱的！"米艾东倒西歪地靠在胡菲的肩膀上，因为喝了一瓶清酒，她就醉醺醺了，脸颊红扑扑的，看上去像一颗熟透了的红樱桃，"拍戏真的很辛苦：哭得不真实，被骂！表情不到位，被骂！台词说错了，还要被骂！我真的好想哭啊……"

"哎呀我的米艾呀，你受苦了，受苦了啊。"胡菲急忙抱紧米艾，一下一下拍打着她的脊背，"以后有什么事你和我说，闺密给你出气。"

"菲菲！我跟你说！等我拍完戏，"米艾拍着自己的胸脯，扬着脸郑重地发誓，"我一定窝在家里当一个月的肥宅！哪里都不去，就躺着！"

胡菲："好好好，当肥宅！到时候我陪你一起好不好？"

米艾："嗯！"

胡菲："那我现在叫车，咱们回去吧。"

米艾："不不不！我还有一件事情没做呢！"

胡菲："什么事啊？"

米艾举起手机晃了晃："我告诉你，这里面有个人，小气得很，因为我不和他一起吃晚饭就闹别扭了，我要去给他买……买好吃的！"

胡菲好奇："谁啊？"

米艾傻乎乎地笑着，在酒精的作用下，她毫不避讳地说了出来："嘘——菲菲你靠近点儿，我跟你说啊，我要去给大明星买好吃的！"

"大明星？"胡菲恍然大悟，"你说的是周洛吧？"

"嘘——"米艾再次把食指贴近嘴唇，"你小点儿声，别被别人听了去。"

米艾走得摇摇晃晃，东倒西歪的，明明意识都快不清醒了，嘴里却还是喋喋不休："我答应他要给他带好吃的，你不知道，我来找你的时候，他还不开心来着。我现在……嗝！要拿着好吃的，去赔……赔罪！"

"哎哟，米艾，爱情的力量真是伟大啊，"胡菲小心地扶住米艾，她好像更瘦了，"当个演员还真是不容易，幸好有周洛照顾你。"

米艾凭着几丝清醒的意识，打包了一份香蕉薄饼和绿咖喱鸡，紧紧抱在怀里怕凉了。

"菲菲，我、我的房间是二楼，202，你先回去等我，"刚到酒店，米艾叮嘱胡菲先回房间，"我……嗝！我现在要去找周洛。"

胡菲担忧道："你自己能行吗？"

米艾拍了拍胸脯："放……放心吧，我……我没事！"

米艾有些踉跄地转身，瘦弱的身影显得愈加单薄。

"105、106、107……"她沿着长长的走廊跌跌撞撞，嘴里念念有词，"107？就是这间！"

咚咚咚——咚咚咚——

两个你，一颗心

米艾用力拍门："周洛！周洛啊——你在吗？"

咚咚咚——咚咚咚——

米艾趴在门上的猫眼处往里看："周洛！开门呀！我是米艾！"

闻声，门里面的人忽然一惊。这么晚，她怎么来了？

周恪蹑步至房门处，透过猫眼确认了来人——周洛不是留字条说，米艾和朋友去吃饭了吗？现在这是什么情况？

周恪看着门口的女孩，左右为难——今晚还要去值班……怎么办……

咚咚咚——米艾再次拍门。

"周洛！你是猪吗……睡得这么死……怎么不开门呀？"

男生望着猫眼里的女孩，眉心紧蹙，心一横，抬起右手把黑色的假发摘下。

深呼吸，走向门口。

吱呀——

米艾一个踉跄扑进了他的怀里："周洛！你终于开门啦！"

"你——哎！"

根本来不及做出任何反应，香香软软的身体就这样紧贴在他的胸口。周恪瞬间觉得胸腔的血液都被点燃了一般。

"没有陪你吃晚饭，是我不对，"米艾我在他胸前蹭了蹭，"所以，我来赔礼道歉，特别特别正宗的东南亚美食，可好吃了呢！我排了好久的队才买到的！嗝！"

周恪大手扣住她的肩，将她的身体扶正，凑近她的脸闻了闻，眉心处肉眼可见地蹙起："你喝酒了？"

"没、没事儿！只喝了一点点，一点点而已！"

说完，她的腿忽然软了一下。男生急忙扶住即将滑倒在地的米艾，让她的身体靠在自己身上："你和哪个朋友吃的饭，怎么喝成这样？"

"就、就菲菲啊，我最好的闺密！"

米艾的呼吸之间全是酒精的气味，周恪的神色微微不悦。

她的小手不安分地在他怀里乱舞，却被他单手扣住，牢牢钳在胸前："米艾，女孩子最好不要晚上喝酒，很危险。"

"知道了知道了……"女孩的声音微弱了一些，"你怎么这样凶……"

她的脸贴他很近，他能感觉到，呼出来的气息，是热的。

周恪抬手覆上女孩的额头："怎么这么烫？"

他神色一凛，毫不犹豫地打横抱起米艾，径直走向酒店套房的卧室，把米艾放到床上，替她调整好枕头高度，又替她盖好被子。

他刚要起身，却被女孩一把拉住。

周恪轻轻地哄："你好像生病了，躺好别乱动，我去给你倒杯热水。"

为了你，我愿意成为另一个人

米艾不停地摇头，半眯着眼，伸长了手臂，用力攀上他的脖颈，紧紧箍住。绯红色的唇上下开合，吐出几个并不清楚的音节："别、别走……"

那一瞬，有些莫名的情绪蔓延进他的心里，周恪的眼底晕开浅浅的雾气，他将身子压低一些，任由女孩缠着自己的脖颈。

可下一秒，女孩却弓起身子，猛然抬头，将自己的脸贴在他的脸上："别走……周洛。"

刹那间，周恪的眼底暗了下去。原来，她喊的是周洛啊……不是他。

曾几何时，这个女孩子也这样呼唤过自己。可现在，她嘴里喊的，却是另一个名字……

米艾贴着周恪的脸，又喊了一句："周洛别走……"

这一声声微弱却坚定的呼唤，掷落进男生的心底。

"周洛你不要走……"她重复着，似是无助的小兽，惹人心疼。

周恪终是选择了违心，哪怕她喊的不是自己，哪怕她的心里从未有过一点点他的位置，他也依旧会毫无保留地把真心献给她："米艾，我不走。"

女孩紧握住他的手，掌心交汇处，有一股暖流猝不及防地涌入男生的心底。

视线里似乎有浓郁的雾气，一点一点氤氲。

周恪低低呢喃："我不走……"

她终于安静了一些，呼吸渐渐均匀。周恪一手轻轻反握住她的细腕，小心将她的手臂从自己的脖颈上放下来，然后腾出另一只手，为女孩脱掉鞋子，再小心将脚塞进被子，掖好被角。

寒从脚起，他怕她着凉。

周恪在床侧俯身，细细凝视着她的脸，柔声呢喃："米艾，我不走……我就在这里……"这份温暖，就如同借来的一般。流星般美好，但却短暂。

"周洛！"不知是哪里来的力气，米艾骤然将周恪的手掌握紧，她以为自己还在做梦，胆子便大了些，"我喜欢你！"

酒精的力量促使着她，对眼前的男生说出了这句话。她白皙的脸颊晕开浓郁的绯红，微微濡湿的睫毛不停地抖动，跳跃着悸动与紧张。

周恪试图推开她："米艾，你认错人了……"

男生的眼底有雾气弥漫，唇角的弧度扬上去又落下来。他在心底重复回忆着女孩刚刚说的话，开始变得不知所措。

可米艾却自顾自继续着自己的告白："周洛，其实我一直都想对你说……我们……不要那个什么契约了吧……也不要假扮情侣了……感情不会骗人，我已经没有办法无视对你的心意……"

一字一句，压上男生的心脏。坚如磐石，闷得他快要透不过气。

周恪终于亲耳听到了她的心意，但她喜欢的人却是周洛。

明明是听到了告白，可为什么还是觉得好失落？

周恪自嘲地笑，他早就应该猜到是这样的结果了，何苦还要难过呢！

其实挺好的。像他这样的人，每天都在执行任务，过着如履薄冰的日子，没有多余的心力去思考其他事。这样的他，又怎么会把她照顾好？而周洛却可以做到……

"周洛……"

周恪恍神的时候，米艾早已下床，有些胆怯地站在他的面前。

周恪垂眸，语气里难掩关切："你没穿鞋，要着凉的，快回床上去。"

"周洛，"她喊的依旧是另一个名字，"你看——"

米艾轻轻抓住他的手臂，微微向前，迈开一小步，把自己的脚轻轻踩在他的鞋上："这样，就不会着凉了呀。"

这样的高度，米艾的脸离周恪的脸更近了一些。两人的呼吸都要纠缠在一起了。

周恪努力压抑着自己，沉着声道："这样也不行，还是要回去。"

他执意要扶她回床上去，可她却轻轻抬手，顺势抓住了他的领口。

周恪的眼神中似有火光在灼烧。这样亲密的姿势，令室内的温度似乎一下子升高了许多。

"我不想欺骗自己了……"米艾喘着粗气说完这句话，纤弱的手指渐渐用力，抓紧他的领口。一点一点，米艾的眼眸在周恪面前渐渐放大。

周恪有种异样的预感："米艾你——唔！"剩下的话还没说出口，米艾的唇就覆在了他的唇上。

男生的身体猛然变得僵直，瞳孔震颤着，盯住近在咫尺的女孩，感受着唇上传来的温度，慌乱到无以复加。

他下意识地抬手，抵住米艾的肩，试图结束这荒唐的一切。

米艾却死死吻住他，不退分毫："不要推开我……"

周恪怔在原地。

女孩的唇瓣像熟透的樱桃，蜻蜓点水一般，生疏地在他唇上辗转。

灯光在地上投影出两个人的影子。

女孩站在男孩的脚背上，紧紧抓住他的领口，微微扬起脸，一点一点品尝着甜蜜的滋味。

那一刻，某些东西在男生的心底轰然倒塌——那就不挣扎了吧……不想再抵抗了……

米艾根本没反应过来发生了什么，便被周恪牢牢箍住腰身，抱离地面，直接抵在身后的墙上。他重重地回吻住她，较之她的轻啄，他的吻更像是攻城略地，在她的口中蛮横地掠夺。

米艾似乎是被这突如其来的霸道吓住了，她呜咽着推了周恪一下。

周恪却是蹙了蹙眉，绷紧唇角，反将她不安分的手反剪在头顶，死死按在墙上。

混着她的呼吸，这个吻染上了酒精味，一次次向她的嘴里侵袭。他用力钳住她的腰，迫使她上半身的力量全数压在他的身上。他吻得愈加浓郁，极具侵略性地舔动、搅弄，她快要被他吻得昏了，软了，窒息了，快要失去意识了。

"米艾……我也喜欢你……"就算是做他的替身，感受着借来的温暖他也绝不后悔。

……

甜蜜的气息渐渐扩散，蔓延在每个心跳的尽头，掺杂着微微的刺痛。

今天，就让我来替他，做你的周洛吧……

那么靠近却又无法拥有

那夜，月色笼罩了整片天地。

胡菲在酒店房间等了好久也没见米艾回来，去门口听了听声音，张望了几次，若有所思，看样子今晚应该是不回来了吧！于是便一脸姨母笑地锁上了门。

咔嗒——

又上了一层防盗锁，胡菲这才放心地回到了自己的床上。

胡菲躺到被子里，柔软的床垫托住她，加上舟车劳顿，困意瞬间袭来……临睡前，她还不忘给自己的闺密隔空传话，快速编辑了一条短信，给米艾发过去。

发完消息，可能也是真的累坏了，胡菲抱着枕头就睡着了。

而此时此刻，酒店一楼，周洛的套房里，灯光依旧亮着。

叮咚——

女孩的手机倏然亮起，伏案在桌前的男生下意识瞥了一眼，恰好看到那条短信的内容："春宵一刻值千金哪，米艾我先睡啦，就不给你留门了，明天见。"

发件人是胡菲。

周恪迅速收起目光，移开视线，不再去看那条短信，可耳朵却不受控制地红了……那一刻，理智和情感在激烈地交涉，虽然他很想把这些美好的记忆据为己有，但他不可以拿走周洛的东西——包括她的爱。

周恪深吸一口气，提笔，下意识地转头望向床上的女孩。

心底有个声音在独白——也许，能这样看着你，就足够了……

睡梦中的女孩呼吸均匀。酒精的作用似乎渐渐退去，只是脸颊还晕染着浅浅的绯红，嘴角漾起好看的弧度——她一定是在做梦吧。

无奈却又释怀一笑，周恪把自己灼热的目光一点点收回。他多么希望，出现在她梦里的那个人，会是他自己……

时光瞬间变得寂静。

在偌大的银河系，我们都是渺小的星星。可因为有了惦念，冰冷的星辰就被镀上了温暖。

周恪落笔："周洛，很久都没有给你写信了。今天，是有些意外的一天……"

笔尖在洁白的信笺上落下一行行工整的字迹。

钟表的指针嘀嘀嗒嗒，见证着时间流走的痕迹。

"米艾晚上来找你了。但那个时候，是我出现在她的面前。"

又一次深呼吸。男生像是下了很大的决心，深邃的眼眸中有雾气弥漫开来。

"米艾她喝了酒，给你带了香蕉薄饼和绿咖喱鸡，她还说了很多话……其中，最重要的一件事：她借着酒劲儿，跟你告白了……"

字迹在纸上一点一点变多。半开的窗户有风吹进来。在不为人知的夜色里，有一株小花正在角落里悄悄地绽开，清香缓缓飘洒。

女孩的长睫毛微微颤动。

"不要……"米艾又在说梦话了。

笔尖微微一滞，男生下意识地看向了女孩。

"不！我不要你有危险！"睡梦中的女孩神色紧张，似乎在担心着什么。

这一瞬，男生的心底忽而升起强烈的预感，出现在她梦里的那个人，会不会是……

"我不允许你有事！周恪……"

窗外月光漫天，周洛的眼底迸发出千万道虹光。他甚至有一种想流泪的冲动。

是的，她梦里面出现的那个人，真的是他啊！

是周恪。

时间似乎慢了下来。那张一向冰冷的脸庞，连棱角都柔和了许多。

信笺上的字迹似乎接近了尾声，最终，有些内容，周恪没有写在纸上。

那个吻，就让他自私地据为己有吧！这可能是他贫瘠的人生里，所拥有的，为数不多的宝藏了吧。

……

当第一缕晨光洒满大地的时候，亚热带的空气里飘荡着清甜的气息。

一楼，周洛的套房里，有细微的呼唤声闷闷地响起："菲菲，菲菲……咳咳咳，我口好渴啊，给我递杯水……"

听到声音，在客厅沙发上斜倚着睡去的周恪忽然一惊，窗外的阳光刺痛了他的双眼。

"菲菲——水呀。"米艾的声音清晰地从卧室里传来。

周恪低头看了看自己，眉心紧蹙——现在已经是白天了，怎么周洛还没有回来？

房间里的女孩继续呼唤着："菲菲，我起不来了，你就给我倒杯水吧……求求你了，你再不来我就要渴死了……"

这一刻，周恪终于确认了眼下的状况。——周洛他并没有如约在白天回到这个身体里。

周恪假扮周洛

米艾的咳嗽声再次从卧室里传来，周恪从椅子上弹坐起来，快速在脑海中搜索着应对的方法。答案似乎只有一个——由他来假扮周洛。

两片薄唇紧紧抿起来，男生的眼神里折射出笃定的光芒。

他将黑色的假发细心藏起，快步走到饮水机前，接了热水，然后转身走到卧室门前，深吸一口气，缓缓说道："水来了。"

听到声音，米艾瞬间意识到了不对劲儿，一下子从被窝里弹了起来。

凌乱的头发，微红的脸颊，瞳孔紧缩。米艾失声叫了出来："这什么情况？"

直到男生端着水杯一步一步走近，米艾才清清楚楚地确认了眼下的事实——她，此刻，正睡在周洛的房间里！

"咳，咳咳咳咳咳！"女孩又发出一阵剧烈的咳嗽。

周恪把水递过来，试着去模仿电视节目中周洛说话的语气："快喝点儿。"

米艾猛灌了几口水，胸腔几近窒息："我、我怎么会在这里？"

周恪试图去解释："我们——"

米艾看着男生绯红的耳郭，差点儿喊出来："我们该不会……"说完，她急忙拉高被子，遮到自己的脖颈处，虽然她的衣服完好地穿在身上。

男生的脸颊瞬间红了起来，站在米艾面前不知所措。

看着他这样的表情，米艾的脑袋瞬间"轰"的一下炸开："你这副样子，别吓我啊。我们该不会……真的发生什么了吧？"

空气像燃烧了起来，火辣辣的，让人快要窒息。

看着局促的男生，米艾捂脸："所以，你这是默认了吗？"

周恪再次尝试解释："不是，那个——"

却被女孩再次打断："停！你不要说了！"米艾急得脸全红了，把被子拉得更高，遮住自己的脸。此时此刻，她恨不得打个地洞钻进去。

周恪微笑着摇摇头，无奈却宠溺："米艾……"嗓音有些低哑。

周恪低唤她的名字，忽然就很想逗逗她。一步一步，他慢慢走到她的面前，故意放慢了语速："我们……"

米艾把脸捂得更紧："停！我求你别说！"

周恪的微笑又一次溢出嘴角，他不再逗她了，轻轻拉下米艾挡在脸上的手，迫使她的目光与自己直视："不要担心，我们什么都没有发生过。"

米艾有些惊讶："你说真的？"

她的眼睛亮如水晶，看得周恪心尖一颤，言语却依旧保持着冷静："嗯，什么都没有发生。你昨晚和朋友喝了酒，来给我送好吃的，后来酒劲儿上来，就在我这里睡着了。"

米艾半信半疑："真的……就只有这样？"

周恪无比认真地点头："嗯，就只有这样。"

关于那个小秘密，他最终还是选择了隐瞒，没有告诉米艾真相。

那个吻，是属于他的。

既然她醉了，忘了，那就不要再记起来了……这个秘密只有他知道，就好。

看着男生若有所思的模样，米艾心疑地眯起眼睛，一点一点凑近，认真地审视他的表情，试图想看出来他有没有撒谎。

半分钟过去了。

周恪回应着她的目光："看够了吗？"

米艾急忙收回自己的视线："咳……你别误会啊，我看你是为了确认……确认你有没有说谎。"

男生点了点头，接着反问："那你现在确认了吗？"

"嗯，八九不离十吧，"米艾低着头，搅弄自己的手指，"差不多能确定你说的是真话了。"

咚咚咚——咚咚咚——

敲门声清晰地传来。

米艾猛然抬头，看看门，又看看他："有人敲门？谁啊？要是被看到我们睡同一个房间，可怎么办啊？周洛，你快点儿想想办法啊！你房间里有柜子吗？够大吗？要不我躲进去？"

周恪的眉心微微拧紧，他在脑海中回忆着周洛曾经写给自己的信，从那里面已经比较细致地了解到他工作的状况。

男生抬手揉了揉她的头发，轻声细语地安慰："别担心，这么早就来敲我门，多半是蕊姐。"

他刚要走，却被米艾一把拉住手臂："万一不是蕊姐呢？这一开门，我在你房间里这件事就被发现了！"

男生倒是不担心："没关系，我们本来也是情侣啊。被看到在同一个房间也很正常，不是吗？"

米艾茫然地点点头，心里涌上一股疑惑，说不上是为什么，就总觉得今天的周洛怪怪的。说话的语气、动作，好像都怪怪的。

男生走过去开了门。

吱呀——

咔嚓咔嚓——

米艾还没来得及做出反应，就听见摄像机快门的声音快速响起。

为什么会有摄像机？难道是媒体？

紧接着，眼前的画面令米艾几乎要震惊到昏厥——

吴委扛着摄像机热情地推门而入："早上好啊周洛！我们昨天约好的，今天要拍一段你在片场真实生活的视频！怎么样，准备好了吗？"

周恪也怔住了，周洛并没有写信告诉他要拍视频的事情啊！

虽然一瞬间有些状况，但周恪想了想也是正常，毕竟他和周洛谁都没有料到白天的时候会是他出现在这个身体里……

既然这样，那就随机应变吧。

"周洛，那我们就开拍啦！"吴委满脸堆笑地举着摄像机走了进来，"Wow！！！"

这个时候，米艾拉被子已经来不及了。吴委早就按下了快门，"啧啧，大明星你可以哇！白天忙着搞事业，晚上忙着搞甜蜜，真是羡煞旁人哪！"

……

于是，这场原本约定好要拍周洛单人视频的活动，变成了一个秀恩爱的情侣采访。

还好周恪的记忆力足够好，才没有穿帮。

当吴委走出去的时候，米艾直直地倒在了床上，一脸的生无可恋："周洛，我郑重地决定，以后再也不来找你了。这是个风险系数极高的行为啊，没有强大的心脏都承受不起……"

片场发现新线索

米艾翻了个身，忽然想起一件重要的事："对了周洛，等一下要去片场拍戏，别迟到了，我们赶快收拾一下就过去吧。"

男生一惊："今天要拍戏？"

米艾从床上爬起来："对啊，拍戏的时间你不是一向记得最清楚吗？周洛，你今天怎么一愣一愣的？是不是有什么心事啊？"

男生回避她的视线："哪有什么心事啊，可能就是没休息好吧。"

经历了刚刚媒体的采访，米艾似乎已经忘记了之前的尴尬，自然地拉过男生的手臂："既然这样，那就赶快去洗漱收拾，洗个脸应该会清醒很多。"

洗漱镜前，周恪怔怔地看着镜子里的面孔，有些苍白和憔悴，只剩深邃的眼眸还残留一丝光彩。

"周洛！"女孩从他身后探出一个小脑袋，镜子里便多了另一张灿烂的笑脸。

周恪讶异。

米艾轻轻踮脚，扳过他的肩膀，眼神温柔如四月的微风："就算工作再累，也要保持乐观的心情啊。"

纤细又略带微凉的指尖轻轻覆上男孩的唇角，一股不轻不重的力道缓缓向上提拉。

镜子里的男生唇角上扬，虽然是借由她的外力。

米艾不禁赞叹："你看，笑起来的样子多帅呀！"

周恪怔怔看向镜子里的金发男生，熟悉却又陌生。

米艾补了一句："今天可不许再板着脸啦。记得多笑一笑！"

他顺从地回应："好，我会的。"

米艾这才满意地点点头，收回自己的手："就是嘛！这样才是我心中最阳光的周洛！"

那一刻，笑容就这样停留在男生的唇角。

时光仿佛都静止了——寂静，美好。

周恪在心底暗暗记录着，原来米艾喜欢这样的男生啊……阳光的……

习惯了夜的黑，也许就会惧怕光芒刺痛双眼。

当米艾拉着男生的手走到室外的那一刻，阳光铺天盖地，肆意包围着他。这种感觉，陌生，却又带着一种久违的宿命感。

米艾推了推他的手臂："想什么呢？"

男生摇摇头："没事，我们走吧。"

说话间，他一直反复练习着微笑，因为这是她的叮嘱，她喜欢看他笑。

他的眼眸中倒映出女孩的脸庞和绚烂的阳光。

一步一步，丈量出黑夜通往黎明的距离。

……

片场。

米艾大老远就冲靳导打招呼："导演早啊！"

靳凯歌喝了一口咖啡："早啊，昨晚睡得怎么样啊？"

"额……"米艾的脸唰的一下红脸，不知为什么，听到"睡"这个字，她就想起了自己昨晚在周洛房间里待了一整夜这件事。

身旁的男生似乎察觉到她的心思，自然地替她接过话："靳导，我们昨晚都睡得很好，那就先不打扰了，我们去熟悉一下今天的戏份。"

靳凯歌忙不迭点头："好好好！快去吧！"

周恪努力扮演着周洛的角色，于他而言，不管是哪一个身份，守护米艾都是必须要做好的事情。

"米艾，我们来对一下台词吧。"

"好啊，"米艾把剧本递给他，"今天要拍的戏份我已经标记出来了。"

周恪接过来，低头翻阅，几秒后，他的身体猛然僵住——

《无冕英雄》？！

今天要拍的这部戏，名字叫"无冕英雄"……

周恪继续翻阅，看着一段段和缉毒警察息息相关的戏份和台词，他的瞳孔忽然被雾气湿润……

周洛在拍的戏，是和缉毒英雄有关的？

他一直以为，周洛很讨厌父亲的职业。原来一直都是他误解了周洛……

可能生命就是这样。也许很多看似毫无头绪的事情，忽然在某一个瞬间，就变得明朗。

……

米艾拍了拍他的肩："周洛？在想什么呢，我们开始对台词吧。"

"好。"

两人很快进入了戏里的情绪——

米艾："为什么？为什么你要去执行这么危险的任务？"

周恪："因为，这些事，总有人要去做。"

每一个字，都如同钻石一般。深刻地凿进他的心底，米艾："好，那你走吧。走了就再也不要回来！"

男孩的嘴唇开始微微颤抖。

这样明媚的阳光下，眼底忽而传来一阵刺痛，一大颗泪珠沿着脸庞重重地砸下……

周恪："对不起……"

剧本上的台词似乎渐渐模糊起来，男生的心脏狠狠绞成一团。回忆翻滚着，咆哮着，奔涌出理智的闸门。

"周洛，你今天入戏很深啊……"米艾有些疑惑地盯着他，默默递过去一张纸巾，"是对这一段有什么特别的感悟吗？"

……

袁竹手捧着甜点，毕恭毕敬地递过去："靳导，您最爱的榴梿蛋糕！"

靳凯歌双手接过来："哎呀，小袁你来就来嘛，还带什么东西。"

袁竹一脸客气："哎呀，一点儿小心意，不足挂齿。哈哈，我今早赶过来，这不是为了跟您说说我们家语妍的事情嘛！"

靳凯歌挖了一大勺榴梿蛋糕，送进嘴里："我知道我知道，昨天范总跟我打过招呼了，剧本改成双女主，姚小姐今天就可以回剧组！"

袁竹继续谄媚："哈哈哈，那就辛苦靳导啦！"

"哪里的话，不辛苦不辛苦！"

此刻的靳凯歌，真的可以说是脸上笑嘻嘻，心里直嘀咕——这都什么情况啊？还把不把我这个导演放在眼里了！剧本说改就改，行，你是金主，你牛！

这时候，肖蕊从远处走来，袁竹眼尖地迎上去打招呼："哟！蕊姐早上好啊！以后咱们又要在同一个片场一起工作啦！"

"哈哈，欢迎回归啊，"肖蕊果然是叱咤娱乐圈的经纪人，练就一身逢场作戏的本领，见人说人话，见鬼说鬼话，"哟，小袁，我看你精神状态不是很好，等着，我去给你倒一杯咖啡啊！"

不一会儿，肖蕊端着咖啡杯走了过来。

在离袁竹两米远的地方，肖蕊忽然眼珠一转，假装脚下一歪，整杯滚烫的咖啡直直泼到袁竹身上。

"嘶——啊——！"袁竹被烫得尖叫了起来。

肖蕊憋着笑，强忍住内心的快意，急忙拿着纸巾去给他擦："对不起啊小袁，我刚刚脚底滑了一下。来，快擦擦！"

周恪被不远处的响动吸引了注意力，他看向被烫到的袁竹，下意识地问米艾："那个人是谁？"

米艾顺着他眼睛的方向看过去："哦，他啊，你忘了吗？他是姚语妍的经纪人啊，看这副样子，八成是又要回剧组了。"

周恪点了点头，若有所思——姚语妍，这个名字他并不陌生，周洛曾在信中提起过。字里行间，周洛对她的评价并不算好，整体印象就是一个爱作爱演爱搞事情的事儿精。

袁竹急忙挽起袖子，查看自己的手腕："嘶……起了一个大水疱！"

肖蕊连忙道歉："哎呀呀，你看看我，也太不小心了！我包里有药，要不给你拿过来擦一擦？"

袁竹痛得龇牙咧嘴："好的，谢谢蕊姐。"

肖蕊转身的时候，嘴角勾出胜利的微笑——哼，这次泼你的热咖啡，就当是替我们家米艾报仇了！

此刻片场的另一侧，周恪直直盯着不远处的袁竹，看到他卷起袖子，男生的瞳孔忽然紧缩——他手腕上的那个印记……那个印记他再也熟悉不过。虽然很小，很不起眼，可周恪还是看到了——那是"死亡之翼"。

楚涵墨发现周恪的秘密

男生的眼底有冰冷的寒气渐渐扩散，他的手指不自觉地一根一根握紧，最终成拳。

看来需要制订新的缉毒计划了！袁竹这个人，兴许是个突破口，必须要想办法接近他……

米艾凑近他，伸手在他眼前晃了晃："周洛，你在看什么这么入神？"

男生收回视线，眉心不自觉拧在一起："没什么，我们继续对台词吧。"

"你看看你，又开始板着个脸了，"米艾佯装不高兴，"今天早上是谁答应我要多笑一笑的？哼，说话不算数，男生果然都是大骗子。"

"我错了，对不起，"男生温热的掌心轻抚上她的头发，"是我食言了，你想怎么罚我都可以。"

米艾抬头，眼神晶莹璀璨："真的？"

男生回应得无比认真："是真的，你怎么罚我都可以。"

米艾想了想："那就罚你……今天中午和晚上都陪我吃饭，怎么样？"

男生不解："你的惩罚，就这么简单？"

米艾点头："对啊，不然呢？你想要什么惩罚？"

他垂眸，轻笑："我以为会是跪榴梿、跪搓衣板一类的。"

"哈哈哈……原来你好这口呀，那下回你跪给我看！"米艾笑得花枝乱颤，"今天的周洛虽然怪怪的，但是却出奇的可爱呢！"

那时候的米艾并不知道，她的这句话，让周恪的心里开心了多久。

……

后来，拍戏进行得很顺利，上午的戏份很快就结束了。

"大明星你饿了没？"米艾的小脑袋探过来，眨巴着大眼睛问身旁的男生，"一起去吃饭啊？"

周恪学着周洛的样子摸摸肚子，那里传出"咕噜咕噜"的声音。

"哈哈，你肚子都叫了，"米艾自然地拉过男生的手臂，"走，我带你去吃好吃的！"

正要走出片场的时候，米艾迎面撞见了姚语妍。

"哟——这是要去哪儿呀？"一声茶里茶气①的问候。

米艾礼貌地回答："姚小姐，我和周洛要去吃饭。"她特意加重了"周洛"这两个字的读音。

姚小姐？男生的眉心微微蹙起，眼睛也不自觉地半眯了起来——难道这就是袁竹负责的那个艺人姚语妍？

姚语妍摆了摆手："米艾小姐，我并不想跟你说话呢，我好久没见到周洛了，超级想他啊，想和他寒暄几句，能麻烦你让一让吗？"

她就这样忽略掉米艾，直接走到男生的面前，一脸谄媚："周洛，我从国内带了超棒的甜点，要不要一起尝尝呀？"

---

① 茶里茶气：网络流行语。形容一个人就像茶一样，并没有看起来那么简单。

米艾气得脸颊通红。

男生注意到这一切，果断拒绝了姚语妍："对不起，我不喜欢吃甜食。"

姚语妍惊讶："嗯？你以前不是最喜欢吃甜点吗？"

周恪模仿着周洛的语气说道："以前喜欢吃，不代表我现在喜欢吃。人总是会变的。"

他礼貌地向姚语妍点点头，然后抬起手臂，揽住米艾的肩膀："姚小姐，没什么事的话，我们就告辞了，我和米艾准备去吃饭。"

"喂！你给我回来！"姚语妍气得把甜点摔了一地，看着走远的两人直跺脚，"米艾，你别得意得太早，周洛他迟早会属于我姚语妍！"

＊＊＊＊＊＊

片场附近的中餐厅。

米艾夹过去一块鱼肉，满脸期待地问："味道怎么样？"

周恪整块吃下去，连连点头："嗯，很好吃。"

米艾得意地扬起了脸："我就说吧，吃饭跟着我准没错，我可是寻找美食小能手！"

周恪回望着她的笑脸："嗯，你喜欢的东西我都喜欢。"

不经意的一句话，却让米艾的脸颊爬上绯红。

"咳……对了周洛，"米艾说出了心中的担忧，"你刚刚对姚语妍的态度那样，之后搭戏的时候她会不会为难你啊？"

男生宽慰道："别担心，不会有事的。"

米艾咬着筷子："可我还是很忐忑，毕竟她后台强大……"

男生笑着喂给她一块鱼肉，嘴角溢出宠溺的笑："别想了，不会有事的，有我在你还不放心啊。再说，在美食面前不开心，可是一种亵渎。"

米艾惊喜："这句话不是我以前跟你说的吗？你居然还记得啊！"

周恪庆幸他和周洛之间有互相写信的习惯，多亏了周洛在信中告诉过他很多事情，才不至于让她起疑心。包括这句话，也是周洛曾经特意提到过的。

午饭过后。

周恪躲在洗手间的小隔间里，拿出纸和笔，一字一句地书写："周洛，现在是白天，下午两点。今天的情况，我也不知道因为什么，你的人格并没有按时出来。所以我代替你在片场拍戏，并和米艾吃了午饭。对了，那个姚语妍又回来了，要当这部戏的另一个女主。你说过你不喜欢她，所以我对她的态度很冷。但是，我发现姚语妍的经纪人袁竹似乎是个可疑人物，和我们正在执行的秘密任务有关。到时候还希望你多多配合，把一些重要信息告诉我。"

……

不知不觉又写了长长的一页纸。周恪终于收起笔，折好纸，把它们放进口袋。

"嘟嘟嘟——嘟嘟嘟——"

是手机响了。

屏幕显示是肖蕊。

周恪模仿着周洛的语气接起电话："喂，蕊姐。"

电话那头的肖蕊似乎有些着急："周洛，你在哪儿呢？"

周恪回道："洗手间。"

肖蕊催促："赶快回房间，楚先生要帮你治疗了！"

治疗？

是什么治疗？周洛并没有在信中提到过。

但周恪还是应了下来："好的蕊姐，我马上回去。"

去吧。至于是什么治疗，去了就知道是什么了。

……

周恪推开门的那一刻，楚涵墨早就等在了客厅的沙发上。

"周先生，中午好。"

周恪点点头："中午好。"

肖蕊急忙起身："那我就先走了啊，你们安心治疗！"

咔嗒。

门被关上，周恪的心底蓦然涌上一阵不安。

楚涵墨抬手示意："我们开始吧。"

周恪看着楚涵墨拿出小摆锤，瞳孔骤然收紧——这是催眠？

所以肖蕊在电话里说的治疗，其实是心理治疗！

"来，看着我手中的摆锤，"楚涵墨如往常一样，语调低缓，"来，放松身体。"

周恪继续着心底的不安：周洛接受了心理治疗，如果治好的话，那是不是就意味着我要消失了？那我该怎么继续完成缉毒任务？

楚涵墨眯起眼睛，观察着面前的男生，每一丝异样都瞒不过心理医生的眼睛。

"你今天，有心事？"

周恪急忙收回思绪："没事，楚先生您继续吧。"

"好。"楚涵墨继续着催眠过程，"想象你现在在一片望不到边际的海上。有一艘小船载着你，漫无目的地漂浮。"

周恪的意识渐渐模糊……

楚涵墨的声音继续萦绕耳畔："这个时候，远处忽然有一束光。你努力地想去靠近。终于，那束光离你越来越近……"

摆锤继续摇啊摇，楚涵墨的眼里深不见底："告诉我，你在那光亮里看到了什么？"

周恪的眼睛紧紧闭着，额头上有汗水沁出："爸爸……是爸爸！我看到了爸爸！"

楚涵墨微微一惊："那么告诉我，你看到他在做什么呢？"

周恪的神情很紧张，又很期待，似乎在经历着什么矛盾的抉择："他拿着枪，朝我微笑。"

枪？这还是第一次出现在催眠治疗里的物件。

楚涵墨的身体忽然一震，停下记录的笔，他已经完全确认了今天治疗的反常。他继续追问："除了你爸爸，还看到其他人或者其他物体吗？"

"还有……还有……"周恪重复地呢喃着，唇瓣不住地颤抖。

楚涵墨感觉到一股强烈的不安："还有什么？告诉我，你还看到了什么？"

"米艾……爸爸把他的手枪交给了米艾……"

楚涵墨已经完全确定了，眼前的人不是周洛！这是他的另外一个人格！

怎么会这样？

楚涵墨的瞳孔折射出恐惧的光，令他害怕的，不是另一个人格在白天出现了。

而是——这两个人格，都爱上了米艾。

米艾绯闻被曝光

啪——

咣啷——

周恪被这突如其来的响动惊醒。

是楚涵墨手中的摆锤跌落在地，在安静的房间里发出不合时宜的声音。

那一刻，周恪的眼底难掩惊慌的神情，生怕他刚才看穿些什么："楚先生，治疗结束了吗？"

楚涵墨刻意回避周恪的目光，语气很虚弱："结束了，今天就到这里吧。"

一向淡定从容的楚涵墨，此刻竟有些慌乱与不安。

周恪礼貌道谢："谢谢楚先生的治疗，慢走不送。"

"不谢，再见。"楚涵墨走出房间的时候，竟有一种落荒而逃的感觉。

他在心里分析着——如果……如果两个人格合而为一的话……

温润如玉的眼眸，隐约透出暗夜一般的光芒——那么米艾……米艾她……

左边的胸口传来断断续续的痛，楚涵墨的手臂抬起又垂下，骨节分明的手掌缓缓屈握成拳——她是不是就永远地属于那个人了？

"不！我不能让这样的事情发生！"楚涵墨嘴唇紧抿，似乎是做了一个最重要的决定。

他抬脚，大步向前——

这次，就摒弃那些绅士品格吧！喜欢的人，就该努力去争取！

生命中总有那么一些瞬间，来得悄无声息，却让你的思绪跨越一亿光年的距离。

从此，你不再是曾经的你。

＊＊＊＊＊＊

金三角的某所隐蔽住处。

一个略显肥硕的中年男人打着电话："喂，我李刚……好好好，这批货我们一定顺利送达！"他点头哈腰，神态诣媚。很明显，电话那头的是金主爸爸。

"好好好！您尽管放心，保证不会引起别人的怀疑！好好好！您先忙！再见！"挂断电话，李刚开心地哼着小曲儿。他满眼冒着金光，就像看到了一沓沓钞票已经摆在了自己的面前。

李刚点了根烟，自言自语："晚上等周恪回来，我就去跟他商议运货方案！哈哈哈，这次可是个大活儿，又可以狠捞一笔！"

而此时此刻，周恪的房门被缓缓推开。肖蕊走进来，关切地询问："周洛，这次的治疗感觉怎么样？"

"蕊姐……"男生似乎欲言又止。

肖蕊急忙上前："怎么啦？出什么事了吗？你好像看起来心事重重的。"

周恪犹豫了好久，最终还是说出了口："蕊姐，我想跟你商量一件事……"

肖蕊满脸焦急地等待着下文："哎哟，你这是要急死我啊，跟我还支支吾吾的干什么？有什么就直说。"

周恪鼓足勇气，直视着肖蕊："我想终止心理治疗。"

肖蕊很惊讶："前面的治疗不都很顺利吗？怎么突然要终止？"

男生的目光诚恳："蕊姐，我觉得这些心理治疗在初期是很明显的，但到后期收效甚微。倒不如，我自己慢慢恢复。况且拍戏很累，档期太满，我要多一些时间钻研剧本。"

肖蕊向他确认："你真的决定了？"

周恪点头。

"唉，那好吧，"肖蕊摆摆手，"既然你想终止，那就终止吧。"

周恪感激地看着她："谢谢蕊姐。"

"没事儿，你先喝点儿水休息休息，等会儿又该去片场了。"

******

金三角的另一处隐蔽的小房子。

一个女孩拖着行李箱好奇地在门口张望——

"到底是不是这里啊？"秀气的眉毛微微拧起，"这个环境看起来有点儿恶劣啊……"

吱呀——

就在她犹豫要不要敲门的时候，门忽然打开了——

南宫婉儿："是你！"

叶尘飞："是你！"

几乎是异口同声，两个人都瞪大了眼睛盯着对方。

叶尘飞有些意外："咳，你怎么来了？"

南宫婉儿指了指行李箱："你觉得呢？"

叶尘飞挠了挠头："不知道。"

"笨蛋，当然是来找你啊！"

叶尘飞一副听到了天方夜谭的样子："你到这么危险的地方，来找我？"

"对啊，不可以吗？"女孩忽然很委屈，"上次你在机场接完我，把我送到酒店就不见了踪影，我打听了好久才打听到你的下落……"

叶尘飞习惯性地把手扶在腰间的枪袋上："大小姐，你是不是不知道人间疾苦？"

南宫婉儿："什么意思？"

叶尘飞："我来这里是执行任务的，根本没时间照顾你，万一你遇到危险怎么办？"

"没关系啊，"南宫婉儿说着便举起手中的小型电棍，"你看，我有防身武器！"

叶尘飞无奈地摇头，一把握住女孩的手腕："先进屋。"

南宫婉儿急急地喊："哎！我的箱子还没——"

"我帮你拿。"叶尘飞另一只手拉过箱子，关门。然后盯着她，摆出一副兴师问罪的表情，"大小姐，我不管你是出于什么目的和动机，但这里绝不是你该来的地方。等一下我帮你订明天的机票，回国该干什么就干什么去。"

南宫婉儿杏眼圆睁："你在说什么啊！我大老远地跑来找你，结果你三言两语就想把我轰走？"

叶尘飞坚持己见："你必须赶快回去，这里真的很危险。"

南宫婉儿将长发别在耳后："我才不回去。既然我敢来，那就是做好了所有的准备。放心，如果我出了什么事，绝对不会要你负责的。"

叶尘飞满脸的无奈："别固执，我这是为你好。"

女孩却是微微一笑，不再理会叶尘飞，开始环顾四周："嗯，你这里还不算太拥挤。"

叶尘飞疑惑地看着他。

南宫婉儿接着说："我觉得，再住一个我，完全 OK ！"

男生感到意外："……再住一个你？"

"对啊！"女孩一边四处踱步一边微笑回应，"以后我就来当你的小助理啦，你去前线执行任务，我负责后勤保障！"

叶尘飞坚决拒绝："这不符合规定。你还是先找个安全的地方住下……"

南宫婉儿更坚决地拒绝："我不……"

******

《无冕英雄》拍摄片场。

靳凯歌："卡——很好！"

姚语妍用鼻音冷哼了一声，斜睨着镜头里的米艾："这也叫好啊？明明演起戏来像个木头。有句老话希望大家周知，小红靠捧，大红靠命，抢捧遭天谴——"

"你——"周恪刚要上前去理论，却被米艾在身后拉住了手臂。

他回过头，米艾用眼神示意他不要理会。

肖蕊随即接了话："姚小姐提的建议非常好，之后到您的戏份，我会让米艾多多跟您学习的。"

靳凯歌也附和道："对对对，肖经纪人说得对呀！"

姚语妍翻了一个白眼，双手交叉在胸前，盛气凌人："哼！那到时候可要让她好好跟着我学。"

靳凯歌见状，起身拿起大喇叭："全体注意，休息十分钟！"

这个尴尬的场景终于结束了。周恪忽然想起什么似的，急急往休息区走去。

米艾在他身后追："周洛，你这么急是要去哪儿啊？"

"去洗手间。"

"哦。"身后的女孩立刻停住了脚步，脸红着返回了片场。

周恪拿起手机，匆匆拐进厕所，反手锁门，急忙打开短信界面，录入并发送一条信息："叶尘飞，我已找到重要线索——姚语妍的经纪人袁竹，他的手腕处有'死亡之翼'标志，其身份可疑，需要尽快制订计划去接近他，顺藤摸瓜，直捣黄龙。"

一分钟后，叶尘飞回复短信："好的周恪，我已经将你的情报传给了总部。辛苦。"

周恪深知，一场硬战，就要开始。这一次，一定要找出幕后主使，替父亲报仇。

******

嘟嘟嘟——嘟嘟嘟——

肖蕊的手机忽然剧烈震动起来，她接通："喂你好，请问哪位？"

电话那头开始讲话，语气十分急促。

只见肖蕊的脸色逐渐变得苍白："嗯，我这就去想办法。"

挂断电话，肖蕊急忙打开微博界面——

果然，热搜第一。是这样的标题——

"米艾同时占有两兄弟，清纯玉女竟是这般面目？"两张配图，分别是她和周恪、周洛亲昵的照片。

下面是各色的评论，乌烟瘴气，不堪入目——

网友A："啧啧，难怪能当上女主角呢，全靠出卖肉体呗！"

网友B："好一朵清纯的白莲花呀，这心机也太重了，我们周洛瞎了眼啊！"

网友C："脚踩两条船！就她？凭啥啊？贱女人！"

......

肖蕊顾不上和导演打招呼，急忙把米艾从片场拉回住处，把手机递给她——

米艾看着热搜，震惊到说不出话。她瞳孔湿润，心里似乎翻涌着五味杂陈的苦涩。她愧疚地低下了头："蕊姐对不起，这都是我的错……现在大家都认为我是周洛的女朋友，可是……"

肖蕊隐隐有种不安："可是什么？"

米艾深呼吸了好几次，像是下了很大的决心，才终于开口："我之前在国内就认识了周恪，他说他是周洛的双胞胎哥哥，我好像对他产生了一种不一样的情感……"

米艾的神情很懊恼："我控制不住地想要去关心他……蕊姐对不起，我知道这样很不好，可我就是管不住自己的心……"

肖蕊似乎松了一口气，还好，她只是认为黑发的周恪是周洛的哥哥，并不知道周洛的病。

"米艾，你现在是公众人物，自己的言行举止需要万分小心。"

"对不起蕊姐……"

肖蕊叹了口气："现在道歉已经没用了。我们只能想办法解决问题。"

周洛召开新闻发布会

网络时代，绯闻就像长了翅膀一般，瞬息之间就飞遍世界各地。

不同的空间，同样的时间，三个男生同时对着手机屏幕出神——

楚涵墨："米艾，离开他吧！这样的生活，你只会受连累……"

陆谨言："你怎么永远都这么笨！这次的绯闻处理起来估计很难……"

周恪："米艾，我不会让你受到伤害的！我会让周洛帮你澄清……"

……

米艾："蕊姐，我们现在需要做什么呢？"

肖蕊："你现在要做的就是沉默，不能在网络上发表任何言论。"

米艾："嗯。"

肖蕊："我这就去找周洛，和他商量一下公关对策。"

米艾："我跟你一起去吧。"

肖蕊："你哪儿都别去，就在这里好好待着。饭菜等一下会让人给你送过来的。"

门被果断地关上了，米艾仿佛被封存到一个与世隔绝的空间。

此刻的洗手间，周恪正在信纸上快速写着一行行文字："周洛，等我写完的时候，你就出来吧，好吗？现在的事情必须你来出面解决……米艾她需要你……"

一笔一画。笔尖落在纸上的时候，他的眼底氤氲出浓郁的雾气。

周恪折好信纸，放进口袋。然后闭上眼睛，等待着周洛的出现。

……

"周洛！周洛！你去哪儿了？"肖蕊焦急地在周洛房间里寻找，可到处都不见他的影子，"坏了，他该不会一冲动，去找记者了吧？"

正在她准备拨打周洛电话的时候，门忽然被推开了："蕊姐！"

肖蕊心里的石头可算落了地："哎呀周洛，你可算出来了！刚刚去哪儿了？"

"嘿嘿，我刚刚有点儿闹肚子，"周洛笑着解释，"所以在洗手间多待了一会儿。"

"嗯，"肖蕊直奔主题，"看见米艾的绯闻了吧？打算怎么办？"

金发男孩的眉心微微蹙起，眼眸雾气弥漫。

"蕊姐，这件事……"他缓缓抬头望向肖蕊，目光真诚且笃定，"请交给我自己来处理吧。"

肖蕊："你可以吗？"

周洛："请相信我，我保证不会损害公司的利益。"

肖蕊："嗯，那好吧。需要帮忙的尽管说，做不到的话也不要勉强。要记得，你的身后还有我们强大的公关团队。"

"嗯，谢谢蕊姐。"

周洛低头，拿起手机，拨通了一个电话号码："嗯，对，就定在那里，谢谢。"

挂断电话，男孩的神色竟有一丝凝重。

肖蕊猜了个八九不离十："定了场地要召开新闻发布会？"

"嗯。"

肖蕊走到男孩身边，轻轻拍了拍他的肩膀，满眼的欣慰："我们周洛好像终于长大了，不再是那个需要我事事操心的小男孩了。加油，我相信你！"

肖蕊离开了房间，金发男孩却瞬间瘫坐在了沙发上。

周恪……你怎么可以……

心尖上最柔软的肉仿佛被狠狠地刺痛，周洛的胸口几近窒息，他无声地怪罪着周恪——你怎么可以这样对待自己……

与此同时，心情沉重的还有另外一个人——

米艾喃喃着："周洛……对不起……"

愧疚伴着心疼，一齐袭来。

******

夕阳渐渐落下，黑暗笼罩了整片天空。

当晚八点，新闻发布会准时召开。

"各位记者朋友们，晚上好，"灯光落在男孩的身上，金色的头发折射出太阳一般的光芒，他的手指缓缓屈起，握紧面前的麦克风，"此次发布会，我要澄清一件事。"

他的语气稍稍停顿。全场鸦雀无声。

随即，他重新开口，声音通过麦克风清晰地传送到会场的每个角落："想必大家都知道，关于米艾的绯闻。虽然我不确定是不是有人在故意带节奏，但作为当事人之一，我有义务站出来澄清。这件事，与米艾无关。"

记者们纷纷发出质疑的声音。与此同时，快门声此起彼伏。他们不会放过周洛任何一个细微的表情。

"先来说说米艾和我哥哥的事情吧，"金发男生缓缓举起一张信纸，"这是我哥哥写的信，他拜托我一定要让你们看到。"

记者纷纷举起相机——

"咔嚓咔嚓"！

周洛忍着心痛，按照周恪的意思陈述着接下来的话："米艾之所以和他有亲密的举动，是因为米艾当时并不知道他是我的哥哥。而我哥哥当时欺骗米艾，说他就是周洛，只是头发临时染了其他颜色。"

记者们一片哗然，纷纷把相机拉长焦，去拍那封信上的内容。

……

手机屏幕前的米艾看着实时转播，那封信上的字迹似乎变成了一根根针，无情地刺痛她的双眼。米艾怎么都想不通，为什么周恪要这么做……

镜头里的周洛眼眸低垂，没有人知道他到底用了多大的力量，才把自己的泪水生生逼回。

米艾捂着手机失声痛哭："周恪……"

冰冷的眼泪砸在她的手背上，一滴又一滴。

镜头里的周洛深吸一口气，再次握紧麦克风："事实就是如此。所以，希望大家不要继续发酵绯闻，米艾她是一个很好的女孩，是一个尽职尽责的新晋演员，并不是网友口中所说的心机女。以后，请大家多多关注她的作品，感谢。"

说最后一句话的时候，周洛起身对着全场记者深深鞠了一躬："再次谢谢大家。"

……

米艾用手紧紧抓着胸口。那里就像被千斤顶压住了一样就快要透不过气了。

……

楚涵墨微微眯起眼睛，旋转着手里的钢笔，神情若有所思——

"周洛，你果然是一个不可轻视的对手……但这并不是最后的胜利，笑到最后的，才是真赢家。"

……

陆谨言在沙发上紧握着手机，旁边摆着一大杯红酒，眼眸中满是落寞——

"周洛，你确实有能力处理危机事件。也许米艾选择你是正确的吧……"

咚咚咚——咚咚咚——

米艾："谁啊？"

肖蕊："是我。"

米艾走过去拉开门，肖蕊把一份吃的递给她。

叫出"蕊姐"的一刹那，米艾忍不住哭了出来。

"哎呀米艾，别哭别哭啊，"肖蕊急忙放下手中的食物，紧紧抱住米艾，"问题不都解决了吗，没事了，没事了啊……"

女孩瘦削的肩膀一颤一颤。压抑的啜泣，如雨的泪珠，让人心疼不已。

肖蕊："一切都过去了啊……"

米艾："可是蕊姐……周恪他怎么能这样……他怎么可以为了我去诋毁自己……"

恋爱协议终止

肖蕊叹了口气："米艾，别太难过了啊，周恪他是为了你好……"

女孩瘦弱的肩膀因为啜泣而过分抖动。

肖蕊心疼地皱起了眉，却又不知如何是好。

时光漫漫，有一些事总要交给真心去沉淀。

******

叮——

叶尘飞的手机响了一下，是总部发来的信息。

看到信息的那一刻，他神色一凛。

"怎么了？"看着叶尘飞惊讶的表情，南宫婉儿急忙追问，"是出什么事了吗？"

叶尘飞急忙盖住手机，挡住了屏幕上的那一段信息。

"此次卧底任务，除了周恪以外，我们务必要把周洛也发展成为自己的内部人员。现已初步确定，娱乐圈有一匹深水狼，近水楼台先得月，我们必须先发制人。"

叶尘飞："这件事，不要对任何人提起。懂了吗？"

南宫婉儿："放心，我绝对不会说出去的！"

叶尘飞的眼眸变得暗淡，他似乎在担心，担心周洛和周恪的关系会影响到这次任务。

可现实却总是这样，不能尽如所愿。

******

咚咚咚。

肖蕊忙起身："有人敲门，我去看看。"

米艾点点头，独自蜷缩在沙发上黯然神伤。

当肖蕊打开门的时候，金发男孩伫立在门口，神色凝重。

"周洛！你刚才不还在开新闻发布会吗？怎么这么快就赶回来了？"

肖蕊急忙把他拉进房间。在关门的时候还不忘伸头去外面察看一下，确保没有狗仔跟拍，这才放心地把门关上。

肖蕊松了一口气："呼——这年头娱乐记者简直太——"

她话还没说完，一回头，便被眼前的一幕倏然间戳痛了眼睛——

米艾的脸深深埋进膝盖的缝隙，她的眼神空洞无光！金发男孩就这样站在她的面前，眼角有隐隐的泪痕。

"米艾，对不起……"周洛的眼神看向地面，轻声呢喃，"是我没有足够的力量……我没能保护好你……甚至还连累了周恪……"

有些朦胧的灯光在他头顶晕开。一如落入凡尘的天使，找不到回家的归途。

米艾想哭，却流不出一滴眼泪："周恪……对不起！明明是我做错的事，却要你来替我承担……"

同样的空间，如此近的距离，两个人的心里却各有所思。

"唉……"肖蕊心疼地轻叹，摇摇头，悄悄拉开门，离开房间。

这一方小小的天地，只剩米艾和周洛，默默无语。

******

"米艾……"

"周洛……"

不知过了多久，两个人几乎同时开口，唤出对方的名字。

周洛："你先说。"

米艾："你先说。"

又是一次不约而同，两个人相视而笑。

米艾："周洛，你先说吧。"

周洛："好。"

这一次，金发男孩没有像以前那样满面阳光，他面色严肃，向前跨出一步，唇角挤出一抹笑容："米艾，我们之间的这份恋爱协议……不如就到此结束吧。"

米艾有些惊讶，她万万没想到，自己的想法竟然和周洛不谋而合。

米艾："周洛……你……"

周洛："嗯，我想好了。"

他知道她要问什么，于是便抢先回答了她："我很认真很认真地思考过这个问题，也许……也许我们……"

金发男孩低下了头，不想让她看见眼底的悲伤："也许我们并不合适……而且，协议本来也是假的，终止的话也没什么的。"

米艾点头。

或许，现在的这一幕，谁都没有预想到，可它却这样自然而然地发生了。

"呼——终于不用那么尴尬了！"周洛一秒钟恢复了往常的活泼，可他的笑容里，却总藏着乌云般的愁绪，飘忽不定。

米艾对他笑："周洛，谢谢你啊……"

"哎呀，米艾，你怎么这么见外！"金发男孩粲然走近她，像好哥们儿那样揽住她的肩膀，"这个协议本来就是有期限的啊，现在只不过是提早一点儿结束罢了，不用谢我的。"

"嗯……"这一刻，米艾的心里翻涌出很多种情绪。

而最强烈的那个，是感激和释怀。

……

"那个……没什么事的话早点儿休息，"周洛挥了挥手，"我就先走了啊。"

米艾同样冲他挥挥手："嗯，周洛再见。"

金发男孩故作轻松地推门而出。

咔嗒！

门在身后关上的那一刻，米艾的眼泪夺眶而出——

比起恋人，我更想做你的臂膀，让你依赖……

站在你的身后，成为你的动力和底气……

如果命运如此，我只能陪你走一段路……

那么，只要你幸福……

就足够……

周洛帮周恪执行卧底任务

走回自己的房间，金发男孩把自己重重地摔在床上，仰面朝天，放空自己。

"都结束了……从明天起，就回到以前吧……"

这场爱恋似乎还未开始，便已经结束……

忽然，男孩像记起什么似的，猛然起身，冲到书桌前，拿出纸笔，开始写信——

"周恪，谢谢你！谢谢你替米艾做的一切……"

洋洋洒洒写了几页纸，他终于停下笔，长舒一口气，心想："该休息了，明天还要继续拍戏。"

洗漱完毕，他平躺在床上，睡颜安静。

梦境应该是美好的吧。

……

几个小时后，重新睁开眼睛的时候，是周恪回来了，他瞳孔的颜色深邃而馥郁。

周恪掀开被子，利落下床，习惯性地去背包里翻找。

把手从包里拿出来的时候，掌心里是几张折好的信纸。周恪急忙展开，一行一行看下去……

"不用谢我。也许以后，我还会需要你的帮助……"他把信纸重新折好，认真地、郑重地，把它贴近胸口，轻轻按了一下，想到，"我现在才觉得，这世界上有你的存在，是一件多么幸运的事情……"

打火机的声音响起，火焰瞬间拥抱了信纸。一丝一缕，吞噬着每一个字迹。

******

李刚嘴里叼着烟："哎哟，我说你小子啊，终于知道回来了！"

推开铁门的那一瞬，灰尘在灯光里纷纷扬扬。

周恪伫立在黑暗与光亮交织的地方，神色平和地道："李哥对不起，我这几天去处理了一点儿私事……"

"哈哈哈我懂，"略显肥硕的中年男人大笑着走近周恪，眼神里好像还藏着一些似笑非笑的神秘，"你肯定是去找那个小情人儿了嘛！"

周恪愣了一下，随即反应了过来，他说的是那天在房间里撞见自己和米艾拥抱的场景。

"嗯，是去找她了。"这样的时刻，也只能附和他的想法了吧。虽然只是一个权宜之计的谎言，但周恪多么希望这是真的。

"啧啧啧，年轻就是好啊，"李刚忽然一拍脑门，"哎对了，最近来了个大活儿！"

周恪："什么活儿？"

李刚："往 S 国运一批货，走海路。"

一听到"S 国"这两个字，周恪的心脏忽然沉了一下。

"我跟你说啊，这次的油水非常大，"李刚笑嘻嘻地拍拍周恪的肩膀，"我看你人踏实又靠谱，这次任务就让你去！"

"好，谢谢李哥。"周恪用尽全力掩饰着内心的伤痛，压抑着有关父亲的梦魇般的记忆。

李刚嘱咐道："对了，下周一就出发。你小子可要好好准备，千万别出岔子啊！"

"嗯，李哥您放心。"周恪在嘴角扯出一抹笑。这一个简单的动作，却像是用尽了他全部的力气。

回到自己的房间，周恪的手机刚好传来一条信息——

叶尘飞："周恪，组织给你一个非常艰巨的任务。"

周恪："请说。"

叶尘飞："说服周洛加入我们，帮助我们接近袁竹。"

周恪："为什么要周洛去接近？"

叶尘飞："因为周洛是艺人，在娱乐圈人脉比较广，他最有可能也最容易接近袁竹。现在我们怀疑娱乐圈潜藏着一个大毒枭，必须要先从露出马脚的袁竹开始攻破。"

周恪："好的，明白。"

叶尘飞："务必注意安全。"

周恪看了一眼屏幕，没有再回复。他安静地坐到书桌前，开始给周洛写信："没想到，这么快就要你来帮我了……"

周洛和姚语妍组 CP[1]

上帝在黑暗中划开了一道口子，黎明一点一点跳出，伸出蜷缩的手臂，拥抱这个美好的世界……

周洛从床上醒来，看到了周恪给自己留的信，在心里暗暗下决心——

周恪，你放心，我一定会帮你完成任务。

金发男孩伫立在半开的窗帘前，一半身体沐浴在阳光下；而另一半，却陷入寂静的黑暗。

他拿出打火机，点燃了信笺，纸张燃烧的火光中，他默默在心中笃定着这个抉择。周洛忽然觉得，这个世界上，有另一个人格的存在，是一件多么幸运的事情……

曙光洒满大地。

另一扇窗前，卷发的女孩探出脑袋，用力呼吸着清晨的味道："加油啊米艾，一切都过去了，接下来的日子要继续努力！"

---

[1] CP：网络用语，指情侣。

......

走进片场的时候，米艾看到远处围了一群人，似乎是发生了什么热闹的大事件。

"哎，那不是米艾吗？"

"唉，这么快就被人甩了，啧啧啧！"

"娱乐圈水深哪，什么感情不感情的，都是骗人的！"

"这个米艾最近绯闻挺多呀……"

"……"

看着大家指手画脚，议论纷纷，米艾的心里忽然升起一种不好的预感。

难道是周洛出了什么绯闻？

这样想着，她快步冲到人群中——

米艾震惊地看着姚语妍手捧玫瑰花，低头轻嗅，含羞的眼眸波光流转："周洛，其实我也一直喜欢你，我接受你的表白！"

表白？

米艾感觉自己就像坐上了过山车，心脏跳动得快要超出负荷。

她怔怔呆立在喧闹的人群中，显得与周围格格不入。然后石化一般地看着周洛拥姚语妍入怀，却不知所措。

******

媒体的报道速度完全超出了她的预计，当天的戏拍了一小半，姚语妍和周洛组成 CP 的消息就传遍了片场的每一个角落。

微博的服务器因为这个新闻的爆出，都宕机了。

......

靳凯歌："卡——米艾，你怎么回事？怎么今天一点儿都不在状态？"

米艾："导演，对不起，我再调整一下……"

"靳导，可否借一步说话？"就在大家为米艾捏着一把汗的时候，陆谨言的声音从远处传来。

靳凯歌闻声抬眼："哎哟，是陆总啊！"

陆谨言和靳凯歌走到一旁，低声交谈了几句，只见导演的脸上立刻多云转晴，笑容满面，"好的好的，我明白！"

下一秒，靳导转身对大家说："所有演职人员今天休息半天！"

"哇！靳导威武！"

"靳导你太帅了！！！"

就在米艾愣住的时候，陆谨言大步上前，拉起她的手，径直往片场外走去，把众人的目光统统抛在身后。感受到女孩的挣扎，陆谨言回过头说道："这个时候就不要逞强了，你不觉得跟我走是最好的选择吗？"

米艾认同了他的说法，不再挣扎，任由他牵着自己，然后坐上汽车副驾，疾驶在高速路上。

……

而此刻的片场，金发男孩微微有些失神，妖艳的女孩紧紧抱着他的手臂，面对着众人，他的嘴角勉强挤出一抹假笑。

……

速度把车窗外的景色氤氲成模糊的泼墨画。米艾歪头看着那些迷离的色彩，陷入沉思……

明明已经终止了协议，她和他已经没有任何关系了。那么现在，她到底在心痛什么呢……

中餐厅的巧遇

"米艾，"陆谨言低沉沙哑的声线忽然响起在这个密闭的车厢里，显得格外清晰，"其实……"一向果断的总裁，此刻却变得有些犹豫，但他终于说出了口，"其实你可以试试看……"

米艾收回看向窗外的目光，转而看向他："试试看什么？"

陆谨言的声音低了一个调："试试看……不要什么事都自己去承担……"

米艾有些失神地点点头："嗯……有道理，谢谢陆总提醒。"

男人似乎有些沮丧，她似乎并没有听出他的言外之意。于是，只能继续说明："就比如说……比如说……"

吱嘎——

一个急刹，车子停在了路边。

米艾惊慌失措地问道："陆总您这是——"

陆谨言解开安全带，转身靠近她，说道："我想，有些话你有必要听一下。"

米艾有些摸不着头脑："有什么话，您直说就好。"

"在遇到困难的时候，要学会去依靠身边的人……知道了吗？"

米艾侧脸看他，微微眯起眼睛，思索着他话中的含义。

陆谨言看她还没领会，干脆就把话挑明："你可以去依靠一些有能力保护好你的人，就比如，此刻正在你身边的我……"

米艾的身体忽然僵住，这句话令她很惶恐："陆总，您的意思是……？"

陆谨言目光灼灼看向她："没错，就是你想的那样。"

米艾一时间有些难以接受。

陆谨言转过身，重新扣好安全带，发动车子，说道："不要有负担，我对你的感情无须顾虑太多，你只需要继续做自己就好。"

命运似乎总喜欢开玩笑。今天一定是什么大日子吧，要不然怎么会总上演这些表白和被表白的桥段呢。

******

金三角的一家中餐厅，陆谨言和米艾相继走了进去。

"您好，我一个小时前预订了位子。"

服务员恭恭敬敬地带他们向预订的座位走去，陆谨言为她拉开椅子，两人刚坐定，就听见旁边那桌传来一阵娇羞的声音——

姚语妍："哎呀，周洛，你真的好贴心！连我喜欢这家餐厅都知道呢！"

米艾在心底暗暗自嘲："吃个饭都能遇到吗……老天还真是不放过我……"

陆谨言："别去理会其他人。点餐吧。"

他把菜单推过来，转移了她的注意力。这个时候，米艾真的很感谢陆谨言，在她最窘迫的时候，如同救命稻草一般，解救了她。

隔壁桌的对话还在继续——

周洛："妍妍，你随便点吧。"

姚语妍："嗯嗯！周洛，你真的太 nice 了！"

姚语妍娇滴滴地靠在周洛的肩头，满面春风。而金发男孩的目光，却磁铁般地被吸引到另外一个方向。是的，周洛在偷看米艾。

咔嚓——

咔嚓——

隐蔽处的快门声接连响起。

透明玻璃窗外面，一个手握相机的男人乐得合不拢嘴——

"最近真是走运，又捞了个大新闻！"吴委喜滋滋地回家修图，编辑文案，点击发送键的时候，嘴都要笑裂了。

******

胡菲握着手机一下子从床上弹起："米艾怎么会和陆谨言在一起？！"

******

"啊？我的小艾艾和她的金发小奶狗分手了！"靳星震惊到合不拢嘴，就连刚咬下来的三明治也掉到了地上。

******

楚涵墨满面狼狈，自言自语："米艾……在你的心里，到底有没有一点点位置，是留给我的……"

冷风吹在他的脸上，凉在他的心里。楚涵墨仰头，把杯中的烈酒一饮而尽。

手里紧紧捏着手机，却始终没有给那个号码发一条消息。

******

肖蕊："糟了！这怎么又出事了？！"

两个男人的战争

肖蕊紧握住手机,把图片放大来看:"这次的绯闻似乎没办法公关了……"

因为和米艾传出绯闻的对象不是别人,正是公司的老板——陆谨言。

******

中餐厅。

周洛:"妍妍,你今天出来跟我吃饭,经纪人知道吗?"

姚语妍:"哎呀周洛,他当然知道啦!我可是得到他批准的!"

姚语妍娇滴滴地抱着金发男孩的手臂,脸颊轻轻靠在他的肩头:"所以你放心好了,我们今天可以尽情地约会。"

姚语妍并没有看见,金发男孩的神色中透露出复杂的心绪:"哈哈,那当然好啦。"

他还是选择了继续强颜欢笑:"妍妍,那你经纪人平时都喜欢做些什么呢?"

姚语妍有些气恼:"周洛!你干什么对我经纪人那么感兴趣啊?你该不会喜欢男的吧?"

周洛忙拉过她的手,柔声解释:"妍妍,你别多想啊,我这不是想了解他的喜好嘛，平时多贿赂贿赂他，投其所好，我和经纪人搞好关系，到时候约你出来也方便些啊！"

姚语妍激动地把脸埋进男孩的胸膛，紧紧抱着他："周洛你真的对我太好了！袁竹这个人平时最喜欢喝酒，在金三角这边拍戏期间，他好像经常去一家叫'金象城'的酒吧。"

"嗯，了解啦！"周洛不情愿地回抱住怀中的女孩，"谢谢妍妍。"

男孩的眼睛里折射出太阳一般的色彩，嘴角漾起微笑——掌握了袁竹的动向，总部那边就可以进行下一步的计划了！

******

啪——

手机重重地摔在了地上，胡菲的眼底满是惶恐，以及愈渐强烈的恨意。

"米艾！"胡菲咬牙切齿，手指的骨节一点点变得苍白，"为什么……"

咯嘣——

咯嘣——

她的手指一根一根握紧，眼神里溢满了愤怒："为什么要抢走我喜欢的人？你得到了那么多还不够吗！明明知道我喜欢陆谨言，你却偏和他搞暧昧，非要所有男人都拜倒在你的石榴裙下你才开心吗！"

******

"阿嚏——"

陆谨言递给米艾一张纸巾："感冒了吗？"

"有可能。"米艾接过纸巾，擤了擤鼻涕。

嘀——

米艾："哎？什么声音？"

陆谨言："我把车内空调温度调高一些，免得你着凉。"

米艾："谢谢你啊……"

陆谨言："不用谢！"

男人专注地握着方向盘，薄唇紧抿："米艾……"

米艾看向后视镜，盯着那里面映照出来的陆谨言——

他把语调放低："虽然现在时机不对，但我还是想跟你说——"

吱嘎——！

一个急刹车，巨大的惯性让她的身体狠狠前倾。透过前方的玻璃，她分明看到了一个熟悉的身影——

"楚涵墨？！"

咚咚咚——

楚涵墨看起来很憔悴，他走到副驾驶那一侧，抬手敲着车窗。

"楚涵墨你这是怎——"她打开门的那一刻，话才说了一半，却瞬间被拉进一个温暖结实的怀抱。她耳畔是他呼出来的气体，滚烫，又飘散出浓浓的酒精气味。

米艾警觉："你喝酒了？"

楚涵墨不置可否，他紧紧抱着她，丝毫不给她逃离的机会："米艾……我好想你……"

正当她愣神的时候，右边手臂被另一股力量紧紧抓牢："放开她！"陆谨言怒道。

"你是在对我说话吗？"楚涵墨微微松开她的肩膀，嘴角勾出轻蔑的笑。

陆谨言："没错，请你放开她。"

"哈哈哈……"楚涵墨笑着笑着，脸上的笑容逐渐凝固，取而代之的是一副米艾从未见过的冰冷的表情，"我是不会放开她的！"

左边的掌心也传来温热的触感，一股力量将女孩紧紧抓住。

闺密反目成仇

刺目的路灯下，是三个人拉扯的身影。女孩站在中间，两边各有一个男生抓着她的手。

"你们先放开我。"米艾很严肃地要求。

"他放我就放！"两个男人异口同声地回答。

米艾见这样不行，便又心生一计："哎呀……你们弄疼我了！"

唰——

几乎是同时，两个男生都松开了手，紧接着是不约而同地道歉："对不起。"

米艾无奈又好笑："你们俩还真是默契啊。"

楚涵墨的语气很认真："米艾，现在不是开玩笑的时候。"

陆谨言补充道："你应该想一想该如何做选择。"

"做选择？"米艾糊涂了，"我做什么选择啊？"

面对着两位男士灼灼的目光，米艾恍然大悟。于是她急忙把双手抬高到胸前，掌心贴在一起，慢悠悠地吐气，做了一个双手合十的动作。

楚涵墨："你这是在干什么？"

米艾："我在练习以后要做的事情啊！"

陆谨言："以后要做的事情？你又在瞎胡闹些什么？"

"我没瞎胡闹啊，"米艾释然地笑了，很认真地盯着面前的两个男生，"我告诉你们啊，就在刚才我决定了，以后我要出家，所以提前练习一下这个拜佛的动作。"

两个男生瞠目结舌，而米艾的脸上却是如释重负。

"所以，你们两个，我谁都不能选。时间不早啦，"米艾上前一步，伸出手分别拍了拍他们俩的肩膀，"大家各回各家，各找各妈吧！"

趁两个男生愣神的时候，米艾以最快的速度跑远。

******

咚咚咚——

"菲菲！开门啊！"

咚咚咚——

"菲菲！我是米艾啊！我回来啦！"米艾喊了好几声，都没有人回应。就在她准备离开的时候，门却"呼啦"一下开了。

"菲菲，你终于开门了，我刚还以为你出去了呢，"米艾如释重负地走进门，把包甩在沙发上，整个人也跟着窝了进去，"好舒服啊！"

她丝毫没有察觉，胡菲看向她的眼神是多么冰冷。

"菲菲，冰箱里有什么吃的吗？我有点儿饿了。"

回答她的依旧是长久的沉默。米艾感觉到了不对劲儿，猛地从沙发上弹起来："菲菲，你不舒服吗？脸色怎么这么苍白啊？"米艾急忙走到胡菲身边，握紧她的手，满脸关切与担忧，"是发生什么事了吗？"

哗——

她的手被重重地甩开，米艾瞬间有些不知所措。

胡菲歇斯底里地怒吼："米艾！你不用跟我继续假惺惺的了！"

"菲菲！你这是说的什么话啊？"

"你自己做的事，自己心里清楚！"胡菲怒气冲冲地把手机举到米艾面前。

那屏幕上，是米艾和陆谨言在中餐厅一起吃饭的画面。旁边，则是周洛和姚语妍。

米艾百口莫辩："不是你看到的这样，胡菲，你听我解释——"

胡菲冷笑着，一步步后退："记者都拍到了！你还有什么好解释的？"

米艾几乎是喊出来的："我跟陆谨言真的不是你想的那样！"

"呵呵，你自己看看这张照片，"胡菲恶狠狠地凑近米艾，表情狰狞不已，"啧，你看啊，陆谨言望向你的眼神！赤裸裸的全是爱！"

"菲菲！"米艾试图拉住胡菲的手臂，却被她再次狠狠地甩开。

"别叫我的名字，我觉得恶心！你口口声声说为我好，背地里却抢走我喜欢的男人！米艾，我真的看透你了！"胡菲冷冷地转身，摔门而去。

米艾："菲菲！！！你要去哪儿啊——"

******

此刻的另一边，姚语妍娇滴滴地靠在男生肩头："哎呀我的周洛，真的不想这么快就跟你分开呢！"

周洛保持着演员本色，尽力配合演出："乖啦！今天已经很晚了，你要回去好好休息，我们明天就可以再见面啦！"

"嗯，好，听我家周洛的。"妖艳的女人再次扑进男生的怀里。

周洛配合着环住她，轻拍她的脊背。但他一秒都不想多待："那我就先回去啦！"

"等一下！"姚语妍忽然抬起头，娇滴滴地望着金发男孩，"人家想要goodbye kiss 嘛！"

"额……"金发男孩的表情似乎一言难尽。

姚语妍瞬间就不高兴了："怎么了嘛？周洛，你是不是不喜欢我了？"

"没有没有！"金发男孩急忙抱住她，眼睛弯成好看的月牙形状，"喜欢！我喜欢你喜欢得不得了！"

男孩闭起眼睛，避开女孩嘟起的嘴，强忍着生理不适，在姚语妍的眉心处亲了一下。

周洛："好了，赶快回去休息吧！拜拜。"

姚语妍："嗯！亲爱的明天见！"

看着姚语妍走远的身影，金发男孩如释重负地松了口气："刚刚差点儿就穿帮了，还好我演技在线……"

下一秒，他忽然意识到一个可怕的问题——周恪呢？

都已经是夜晚了，他怎么还没有出来？

夜风骤起，金发男孩的表情渐渐严肃起来——那么，只能由他来扮演周恪了。

……

"服务员，来一杯长岛冰茶。"周洛来到了"金象城"酒吧，挑了一个相对隐蔽的位置坐下。

接下来，就是等待目标的出现……

酒吧"作战"计划

酒吧的灯光有些昏暗，又有些炫目。金发男孩戴上口罩和墨镜，不时地环顾四周。

******

此时此刻，米艾追着胡菲急匆匆跑出来，却还是晚了一步，她眼睁睁看着胡菲坐上了一辆出租车，疾驰而去。

米艾也拦了辆出租车："师傅，麻烦跟上前面的那辆车！"

司机一头雾水地盯着米艾，满脸的疑惑。

米艾忽然反应过来，这是泰国，他听不懂中文的！于是急忙改口用英文说道："Please keep up with the car in front. Thank you！"（请跟上前面的车。非常感谢！）

司机微笑着点头，这下听懂了。一脚油门，飞驰而去。

米艾："Please be quick！"（请快点！）

油门踏板又下降了一点儿，米艾焦急地盯着前方的那辆出租车，默默祈祷。菲菲，你千万不要做傻事啊……

******

"喂，小野！你来金三角了？""金象城"酒吧门外，一个身着西装的男子一边打着电话一边往里走，服务员们恭恭敬敬地鞠躬引路，一看就是这里的常客。

袁竹笑着落座："我发你个地址啊！正好来陪我喝两杯！"他挂断电话，冲服务员打了个响指，"按老规矩上酒。"

服务员急忙照做。

与此同时，角落处的周洛警觉地发现了他，急忙把卫衣的兜帽戴上，然后召唤一位服务生过来，跟他低声耳语："帮我把这个东西贴到那位西装男人的衣服隐蔽处。"

金发男孩把一个贴纸一样的透明小方块递给服务生，又给了他厚厚一沓小费。服务生是个明白人，急忙把钱收起来，冲周洛比了个大拇指。

望着服务生走远的身影，周洛捏着一把汗，希望计划不要出差错……

＊＊＊＊＊＊

吱嘎——

"师傅这是车钱！不用找了！"

米艾放下好几张钞票，急忙开门下车，追着胡菲走进一个金碧辉煌的大门口："菲菲！你等等我！"

两个女孩的身影一前一后走了进去。

这是一家中国人开的酒吧，"金象城"几个大字在门口的上方熠熠闪光。

当周洛看到那个熟悉的身影，瞬间慌了——

米艾？！她怎么会来这里？！

胡菲冲到前台："给我来五杯 Margarita ！"

米艾急忙上前拦住她："菲菲！你疯了？点那么多酒干什么！"

"你少来管我！"胡菲狠狠地甩开她的手，满脸冷漠，"从今往后，我胡菲，跟你再也不是朋友了。"

米艾的眼里瞬间蓄满晶莹，她的嘴唇细微地颤抖。

"菲菲……你说什么？"米艾似乎是在确认。

胡菲重复给她听："我说，从今往后，我们就是陌生人了。"说到这里胡菲忽然冷笑了两下，"呵呵，说错了，我们不是陌生人，是仇人。"

米艾因为震惊而踉跄着倒退了两步，周洛目睹着这一切，就在他准备冲过去的时候，另一个男生已经抢先扶住了米艾："小心——米艾，你没事吧？"

"袁野！"米艾有些惊讶，"你怎么会在这里？"

"我来看我哥，"袁野伸手指了指一旁的西装男人，"喏，就是那个。"

米艾望过去："这不是姚语妍的经纪人嘛！"

"你们认识啊？"袁野惊喜地笑了，"那正好，过来一起喝几杯！"说完他便拉着米艾往袁竹那边走。

米艾："哎，还有我朋友——"

袁野："一起一起！"

胡菲："喂，你放开我！"

袁野不由分说地把胡菲也拉过去："大家都是朋友，一起喝才有意思嘛！"

角落处的金发男孩暗暗握紧了拳头，嘴唇紧紧抿着。下一秒，他伸手推了推耳朵上的蓝牙耳机，那里面清晰地传来袁竹说话的声音。周洛欣喜，太棒了！窃听器安装成功！

周洛和米艾发现新秘密

袁野："哥！"

袁竹："嘿！小野！"

兄弟两个激动地抱在一起。不一会儿，袁竹松开袁野，目光投向他身后的两个女生："这两位是？"

袁野笑着回他："哦！哈哈，她们俩是我的朋友，正巧在这里遇到了！"

袁竹一边点头一边仔细打量着两位女孩，借着酒吧忽明忽暗的灯光，袁竹忽然认出来那个人的模样："这不是米艾吗？"

米艾尽力保持冷静："是的，袁竹哥您好，没想到在这里见到了。"

"哈哈，好，你好啊。"袁竹忽然感觉脊背一阵发凉，他狐疑着，该不会是因为上次绑架她的事情，特意来报复的吧？他眯起眼睛，打量着米艾，不过看样子也不像是来报复的。袁竹是个老狐狸，立刻转移话题，"米艾小姐果然是美人胚子啊，难怪周洛曾经对你神魂颠倒！"

米艾尬笑了几下："您过奖了，我和周洛已经是过去式，请您别再提起了，谢谢。"

"哈哈哈，好好好，"袁竹说着递过去一杯酒，"话不多说，都在酒里了！"

袁竹邀大家举杯："Cheers！"

米艾一边喝着酒，一边留意着胡菲的表情，生怕她突然又跑出去。

他们的对话，全都被窃听器收录其中，分毫不差地传入周洛耳中。角落里的金发男孩义愤填膺，不停地握紧拳头又松开。

这袁竹真不是个好东西！说话也太油腻了吧？恶心……

他把耳朵上的蓝牙耳机又压牢一点儿，仔细窃听着袁竹和其他人的对话——

袁野："哥，你最近看起来挺忙的，要注意身体啊。"

袁竹："哎呀，什么忙不忙的，都是为了赚钱。哥最近忙的这一单可是条大鱼，油水多着呢！来来来，喝酒！"

听到"来钱的大生意"这几个字，米艾和周洛同时警惕了起来……

周洛在心里暗暗分析——之前周恪说过，袁竹很有可能是"死亡之翼"组织的成员。那么这次大生意，会不会是……

米艾也在心里盘算着——这里是金三角地区，想要来钱快，最便捷的方法是……

就在这一刻，米艾和周洛同时分析出了答案——运送毒品！

和两个你，擦肩而过

这会不会跟周恪他们执行的任务有关呢……米艾的直觉告诉她，这个可能性极大。

周洛决定盯紧了袁竹，顺藤摸瓜，一定可以揪出幕后主使。

炫目的光线不停地变幻，米艾和周洛同时勾起了嘴角。

周恪心中默念："周恪，现在需要你的出现了……"

米艾心下思忖："我等一下应该假装上个厕所，去给周恪发消息。"

几乎是同时，米艾和周洛从座位上站了起来。

袁野喝得双眼迷离，问道："米艾，你这是要去哪儿啊？"

"我去洗手间，先失陪一下。"

"哈哈，去吧去吧，快点儿回来啊。"

昏暗的环境，戴着兜帽和口罩的周洛也往洗手间的方向走去。

咚——

因为走得太急，米艾不小心撞到了身旁的人。

米艾："I'm so sorry!"

周洛："That's all right."

话音刚落，这熟悉的声线使两人纷纷看向了对方——

周洛："米艾！"

米艾："周洛？"

男孩缓缓摘下了口罩和墨镜，绽开一个久违的笑容："好久不见……"

米艾纠正他："今天吃饭的时候不是刚见过？我看到你和姚语妍在一起，还挺开心的。"

金发男孩的笑容一点点褪去，现在的他，无法解释任何的问题，只能拼命隐藏内心的感情，扮演好自己的角色："对不起，我当时没看到你……"

一阵尴尬的沉默过后，米艾大度一笑："没关系啊，吃饭的时候，只注意你女朋友一个人就够了！没什么事的话就再见吧。"

周洛怔怔回应："嗯，再见。"

转身的那一刻，两个人背对着彼此，同时低下了头。

……

米艾在厕所的隔间里，紧张地握着手机，快速编辑好短信，按下发送键：周恪，请注意袁竹这个人，很有可能他就是贩毒组织的小头目。

周洛在厕所的隔间里，双手合十，双目紧闭：周恪，你快点儿出来吧……在侦察这方面，你是专业的……求你一定要快点儿出来……

秒针嘀嘀嗒嗒，走过时光的痕迹。

男女生洗手间的门是对着的，推开门的那一瞬，两人再次四目相对。那汪深沉的眼眸，似乎溶化了无数种情愫，却让人看不清楚……千言万语，只能隐藏在彼此的目光里。

"米艾，谢谢你，短信我收到了！周洛也跟我说明了情况……"周恪就这样望着对面的米艾，眼睛里晶莹闪烁，"只是现在，我无法告诉你真相……我需要隐藏自己，执行好这次任务。我不能辜负周洛对我的帮助……"

米艾心想："周洛，不管怎样，只要还能这样远远看着你，就够了……"

许久，两个人不约而同地向前迈了一步，相视一笑。

周恪："米艾，要照顾好自己……"

米艾："周洛，你和周恪都要好好的……"

＊＊＊＊＊＊

袁野："哎呀！米艾你怎么去了那么久啊？"

米艾："不好意思啊，刚刚有点儿闹肚子。"

袁野："没事吧？"

米艾："没事，已经好多了。"

袁野："嗯嗯，那就好。"

"菲菲？"米艾这才注意到，一旁的胡菲早就睡倒在了沙发上，"菲菲，你怎么了？醒醒！"

袁野低声向她解释："米艾，你别担心，你朋友应该是心情不好，喝多了。我已经帮你们叫了车，等一下你送她回去吧。"

米艾抬起头，感激地看着袁野："谢谢你啊。"

袁野摆摆手："哎呀，别客气，大家都是朋友，应该的。"

米艾忽然发现少了个人："哎？你哥呢？"

袁野向外看了看说："他啊，出去打电话了。"

此时此刻，角落里的金发男孩依旧戴着口罩和兜帽。忽然，他的身躯微微一滞，下意识地伸手扶住耳朵上的蓝牙耳机——

"我一定不会出任何差错的！要是有半点儿闪失，我提头来见您！"袁竹在酒吧门口警觉地打着电话，时不时地环顾四周，"哈哈哈，对啊！范总，您尽管一百个放心！"

周恪确认杀父仇人

袁竹和电话那头的谈话，都一清二楚地传到周恪的耳中。他早在一开始就按下了录音功能，收集着最重要的证据。这一次海运，就是动手的最佳时机，必须要一网打尽。他的眼神凛冽，手指一根一根收紧。在黑暗中，笃定着自己的信仰。

父亲，我一定会替您报仇的！

******

两天后。

"周恪呀，都准备好了吧？"中年男人满脸横肉地咧嘴笑着，伸手拍了拍周洛的肩膀，"你可是肩负重要使命啊！"

周恪认真回答："李哥放心，我都准备好了。保证万无一失。"

李刚表示很满意："哈哈哈，好！"

******

袁竹四下张望："哎？周洛呢？怎么今天没见他来片场？"

"哦，他身体不舒服，"姚语妍一边擦着护手霜，一边漫不经心地回答着，"周洛跟剧组请了三天假，你找他有事吗？"

袁竹急忙摇头："没、没事。"

忽然，袁竹触电般愣在了原地——

等等！请假三天？这不是跟他们运货的时间完全一致吗！袁竹隐隐觉得哪里不对……他紧紧眯起眼睛，思索着这其中的疑点——

一个叫周洛……一个叫周恪……一个只在白天出现……一个只在夜晚出现……

时间似乎凝固了一般，黏腻又沉重，这个狡猾的男人捏着下巴反复思考——

他们两个从来没有同时出现过，这不是巧合……

******

航船离开海岸，一点一点驶进浩瀚的蔚蓝。周恪站在船头，表情凝重，任海风吹过每一寸皮肤。

李刚："周恪，紧张吗？"

周恪："有一点儿。"

"哈哈，正常，"李刚递给他一小瓶酒，"来一杯就好了！想当年我第一次运货的时候，也像你一样这么紧张！后来就都好了。"

中年男人"咕咚咕咚"喝了几大口酒，黏腻的皮肤在阳光下泛着油光。

周恪接过酒，却并没有喝："给我讲讲您第一次运货的经历吧。"

"哈哈哈，好！"李刚又喝了一大口酒，伸出手抹了抹嘴角，"距离我第一次运货，都过去快十年了吧。那一次运货特别危险，因为车上有一个缉毒警察的卧底。"

听到这些字眼，周恪忽然警觉了起来，他的眼神中升起一股难言的凝重："后来呢？"

"嗐，后来那个警察卧底暴露了。"李刚一边笑一边喝下一大口酒，浓浓的酒气弥漫四周。

周恪忽然有一种强烈的直觉——李刚口中的那个缉毒警察卧底，会不会就是父亲？他极力控制住自己的情绪，继续听李刚的喋喋不休——

李刚："但我们没有直接解决掉，就想玩玩他，反正运货途中也无聊。所以给他注射了大量的安非他命，这样他就可以一直保持清醒。"

周恪极力压抑住心底的恨意："然后呢？"

李刚："然后，我们敲碎了他的肋骨，锯断了他的双腿，割掉了他的舌头，捣碎了他的眼球，砍掉了他的手指。嘻，那警察卧底命还挺硬，一直坚持了好久都没死。"

周恪的心脏狠狠抽痛了起来，他的眼神里全是猩红的愤怒。

李刚："这样折磨一个缉毒警察真的太爽了！后来他就那样清醒着感受生不如死的感觉，直到我们到达运货地点，把他抛尸。"

周恪死死攥住手中的酒瓶，高高地举起，递到嘴边，仰头喝下一大口。那一刻，他终于找到了自己的杀父仇人……

李刚放下酒瓶："哎？周恪，你脸色看起来不太好啊。"

周恪又喝了一大口酒："我没事，李哥我去一下洗手间。"

李刚："好，你去吧。"

周恪匆匆离开，眼神中的杀气清晰可见。

李刚在背后直犯嘀咕，这小子怎么怪怪的？

周恪去了洗手间，锁好门，拿出自己的枪，小心地，仔细地，一遍又一遍地擦拭："爸爸，我找到了当年杀害您的凶手……"枪口闪过冷冷的光芒，周恪的眼神中是坚毅赴死的神情，"这一切，就快要结束了……"

举起的枪

从洗手间出来的时候，海平面的阳光肆虐又耀眼。

黑发在风中凌乱，男生的脸上写满了孤勇。

"杀父仇人就在眼前，必须让他偿命。"

一步，两步。周恪的脚步越发沉重，他悄悄把手伸进口袋，握紧那把手枪。冰冷的触感沿着掌心的脉络，一直钻进心底，酷寒至极。

周恪远远站着，暗暗咬紧了牙关，盯着那个人的背影，一步一步靠近。

"射击距离差不多了。"他停住脚步，深吸了一口气，"就是现在了！"

他的右手有些颤抖，缓缓伸进口袋，指尖触到枪的那一刻，有水鸟低低略过海面，发出凄厉的叫声……

******

与此同时，在片场的米艾忽然心悸了一下，她皱着眉头捂紧胸口，大口大口喘着粗气。

肖蕊发现了异样，急忙跑过来："米艾，你哪里不舒服吗？"

"蕊姐我……"米艾紧紧捂着胸口，"我突然有点儿呼吸困难……"

肖蕊慌了："我这就给医院打电话！"

******

"这两个人为什么从来没有在同一时间出现过？"袁竹坐在片场的角落，依旧沉思着，"上次绑架米艾的时候，听说好像是那个黑发的小子救了她！这么说来……周洛和周恪，他们此刻都在金三角？"

袁竹的神情一点一点变得阴森："而且上次在周洛门口撞见的那个男人，是一个心理医生……那么……会不会……周恪和周洛是同一个人？"

******

海风似乎大了起来，船帆呼啦啦晃动。

周恪缓缓收紧手掌，掏出手枪，缓缓地，食指压低，准备扣动扳机。

"不！！！不可以！！！"周恪忽然惊慌了一下，体内似乎有一股力量在涌动，"是谁在说话？"

周洛："是我！"

周恪停下了手中的动作，一动不动地举着手枪，准备瞄准李刚。

周洛说道："周恪，不要开枪！"

周恪问道："为什么？他是我们的杀父仇人！"

内心深处，似乎有两个声音，彼此交错，此起彼伏。

周洛回答："我知道他是我们的杀父仇人，但现在还不是时候！"

周恪反问："现在不是最好的时机吗？天时地利人和，正好可以杀掉他！"

周洛解释道："周恪！你要知道，我们的杀父仇人，不止他一个！"

周恪的身躯微微一滞，眼神中漫上肃杀的雾气……

周洛继续劝道："我们的仇人，是那个组织！你不要冲动，要继续装出什么都不知道的样子，等到把货运到终点的时候，再一网打尽！"

那一瞬，海风柔和了许多。海天交接的地方，有暖光一点一点蔓延。

周恪站在风里，睫毛颤抖着，一点一点垂下。

周洛："周恪，一定不要开枪，这样会打草惊蛇！而且如果你开枪了，对得起米艾偷偷发给你的情报吗？"

终于，周恪闭上了眼睛。缓缓地，那把手枪闪动着银色的光芒，被重新收回口袋。他必须要坚持到最后。为了他的父亲，也为了米艾。

……

周恪回来的时候，李刚又递给他一瓶酒："你小子这是闹肚子了吧？看你上了挺久的厕所啊！"

周恪顺着他的话演下去："嗯，不小心吃坏肚子了。"

周恪重新恢复了往日的冷静，走到李刚面前，与他并排站在一起。

******

"米艾！米艾！你这是怎么了？！"就在肖蕊刚打完医务室电话的那一刻，米艾一下子晕倒在地上。

肖蕊："快来人啊！快送米艾去医院！"

那个男孩生死未卜

急救室门外，肖蕊焦急地等待着；急救室里面，米艾的头发上系着那条金色的发带，阳光在那上面久久地停留。

******

与此同时，一望无际的蔚蓝大海上，货船正在一点一点靠近目的地。

"周恪呀，我去趟洗手间。"李刚笑着拍拍他的肩膀，转身往洗手间的方向走去。

周恪在身后喊住他："对了李哥，我们还有多久到目的地？"

李刚算了算说道："快了！应该还有两个小时就能到了。"他笑着走进洗手间，镜子里映照出他的脸，那表情惊悚诡异——哼哼，就你小子还想把我们给干掉？他的嘴角狡猾地上扬，得意地摸着下巴的胡楂。

李刚："我早就知道你是卧底了，只不过现在还不到拆穿的时候。两个小时之后，就是你的死期！"

******

急救室。

"周恪、周洛……"细密的汗珠从女孩的额上沁出，她紧闭着双眼，睫毛不住地抖动，"求你，不要有事……"

******

嘟嘟嘟——嘟嘟嘟——

李刚接起电话："喂，袁总请吩咐。"

袁竹："货船上是不是有那个小子？"

李刚："是的袁总，这小子是卧底，一到目的地我就把他给解决掉。"

袁竹："不行！"

李刚："哈？袁总，您这是说什么呢？"

袁竹："我说不能杀那小子！"

李刚："为什么？他是卧底警察！我们留着他过年吗？"

袁竹："我说不行就是不行！你先待命，不要轻举妄动。我立刻飞回国跟组织说明情况。"

忙音响起，李刚握着手机陷入了沉思，这是整什么幺蛾子？镜子里的那张脸，满是疑惑，难道这小子有什么背景？

而另一边，袁竹匆匆离开片场。

袁竹想，这个大新闻一定不能放过！周恪和周洛是同一个人！回国我就召集记者去爆料！

******

"叶尘飞？"南宫婉儿醒来的时候，房间里只剩她一个人，"叶尘飞！你去哪儿了？"

她急忙下床，焦急地寻找他的踪影。

桌上放了一张纸条，她迅速展开，那上面写了极其简短的一行字——

"我去执行任务，照顾好自己。"

******

海风不再吹拂，阳光也显得有些无力，航船按照既定的轨迹驶向岸边。

"咳，就快要到了！"李刚背着手，看向目的地。

"嗯。"周恪冷哼了一声，那眼眸猩红凛冽，仿佛燃烧着无数硝烟与战火。

下船的那一刻，周恪弯下腰，假装系鞋带，心里却计算着时间——等那边接应的人走近一点儿，就可以动手了。

他用力把鞋带拉紧，眼睛里倒映着无尽的黑暗。明知道这次行动很可能会送命，但他依旧选择了无畏面对。那一刻，要说还有什么遗憾，周恪心里最放不下的，就是她了……

米艾，如果有一天我不在了，请一定要照顾好自己。要记得每天都微笑，就像你教会我的那样……

黑色的发梢微微晃动，遮住了眼底涌上的晶莹——

周恪在心里对周洛说："周洛，如果没有我，你会和米艾在一起很幸福地生活吧？所以我退出了……"

在爱情和责任之间，这个男生孤勇又偏执地选择了后者。

……

船靠岸了，李刚挥舞着双臂说道："兄弟——我们在这边！快过来卸货！"

乌云笼罩住太阳，周洛的眼底迸射出冷冷的光芒。

砰——！

飞鸟惊起，海鸥四处逃散。偌大的海平面满是杀戮的气息。

……

米艾，请记得我爱你

"加一剂强心针！"袁野披上白大褂，焦急地冲进急救室，"米艾，你不能丧失求生意志！"

此刻的急救室外面，楚涵墨和陆谨言都在焦急地踱着步，神色凝重不已。

楚涵墨终于开了口："陆谨言，我觉得有件事必须要跟你说明。"

陆谨言头都没抬："少废话，快说。"

楚涵墨负手而立，眼神似乎看向了很遥远的地方："米艾喜欢的人，自始至终都不是你和我之间的任何一个……"

陆谨言抬眸，斜睨着楚涵墨："你的意思是，你知道她喜欢谁？"

"对，米艾喜欢的人是周洛和周恪。"

"米艾同时喜欢两个人？"陆谨言笑了："你在说什么疯言疯语。"

楚涵墨也笑了："你错了，不是两个。周洛和周恪，他们是同一个人。"

陆谨言反问："周洛和周恪，他们不是双胞胎吗？"

楚涵墨轻笑着摇头："他们是同一个人的两个不同的人格……"

******

叶尘飞跟着急救人员一路飞奔，声音里全是哭腔："周恪——周恪你还欠了我好几顿饭呢，你小子一定不能有事啊……你休想赖账，休想一走了之……"

纯白色的布盖在周洛的身上。担架上的男孩嘴角溢出鲜血，但那里的弧度，却是上扬的。

……

一个在 S 国，一个在金三角。

同样纯白的急救室，不同的人影攒动。

周恪全身插满了管子，嘴上戴着呼吸面罩，但他的眉心是舒展的、平静的，似乎是完成了生命中最最重的使命。他心中默默地说："父亲，我终于替您报仇了……周洛，谢谢你……谢谢你愿意和我一起，完成这个任务……但很抱歉……我好像没办法走出这漫漫长夜了……"

氧气面罩下的男生，唇角几不可察地扯动了一下，却瞒过了所有人的眼睛。

"最后……再拜托你一件事吧……替我转告她一句话……米艾，请记得我爱你……"

＊＊＊＊＊＊

金三角的急救室，女孩的心跳忽然奇迹般地恢复了。

袁野惊呼："太好了！病人恢复生命体征！"

她的指尖微微颤动，夕阳的柔光在海天相接处跳跃……

＊＊＊＊＊＊

"所以……"楚涵墨正欲开口，却被陆谨言打断，"你不必说了，我知道该怎么做。"

楚涵墨点头："嗯，我们该退出了……"

急救室的门赫然打开，两个男人不约而同地冲过去——

"我的小艾艾！"

与此同时，不远处的另一个男生飞奔着冲过来："听说小艾艾醒了？"

他注意到门口有一个女孩，犹豫踟蹰着，不敢进去。

"哎？"靳星认出她来，"你不是小艾艾的好朋友吗？"

胡菲正想推辞，却被靳星推着向前："哎呀，还愣着干什么？来都来了，快进去看看，她已经醒了！"

我愿意

"什么！那小子死了？"刚下飞机的袁竹惊慌大喊，握着手机呆立在原地，喃喃自语，"我的大新闻泡汤了……"

"日前,缉毒警察已抓获国内最大的贩毒组织,贩毒头目范仁已被捕入狱……"机场大厅滚动播放着这条新闻。

袁竹手中的公文包"啪"的一下掉到地上："完了……"男人的表情生不如死，"全完了……"

******

十天后，金三角拍摄片场。

靳凯歌："卡——完美！！！"

欢呼声此起彼伏，大家兴奋地抱在一起——

"耶！！！"

"终于杀青啦！！！"

"米艾，"望着失神的女孩，周洛快步走了过来，"你怎么了,哪里不舒服吗？"

她摇头否认："没有……"

"你说谎的时候，真的没有一点儿演技……"金发男孩若有所思，抬手轻轻抚上她的发顶，"杀青了应该高兴一点儿才对啊，晚上来'金象城'酒吧，我们准备了 party。"

米艾看着人来人往的片场，所有的布景都被收走，怅然若失地点点头："好，我会去的。"

周洛被粉丝们叫过去合影，隔着人群，他远远看她，那眼眸似乎比以往更深邃了些，就算是璀璨的白昼，也仿佛盛满了闪烁的星辰……

******

片场的角落，姚语妍目睹了周洛和米艾的互动，气得直跳脚："哼！男人果然都是大猪蹄子！刚甩了我，这么快就又去勾搭那个狐狸精，我以前真是瞎了眼！就算你以后跪下来求老娘，老娘都不会搭理你！"

******

当晚，"金象城"的夜，歌舞升平。米艾坐在角落里默默喝着杯中的鸡尾酒，胡菲端着酒杯凑近她，关切道："米艾，你怎么一个人坐在这里啊？是心情不好吗？"

米艾摇头："没有，我没事。"

自从上次米艾昏迷事件之后，胡菲就意识到了自己之前做的有多么过分。现在的她，非常珍惜这份友谊。

"你是在想周恪吧？"胡菲还是了解米艾的。

似乎是被戳中了内心的痛处，米艾端着酒杯的手停在了半空中。下一秒，她重新回过神，仰头把杯中的酒一饮而尽。

胡菲劝她："米艾你少喝一点儿，喝闷酒很容易醉的。"

米艾却摆摆手："没关系……醉了才好……醉了就不用每天备受内心的折磨了……"

此刻，一旁的金发男孩全程目睹着这一切，对服务员耳语了几句。

服务员转身走去吧台，调了一杯醒酒饮料，还将一个神秘的物件沉在杯底。

几分钟后，服务员端着调好的醒酒饮料走到米艾身边，根据金发男孩的吩咐，不能说是醒酒饮料，得说这是酒："小姐您好，这是您的酒。"

米艾也不记得自己点过什么酒了，反正是酒她就接过来："谢谢啊。"

酒吧的一隅，她一口接一口地喝着……

"今天是我们剧组杀青的日子，我来为大家唱一首歌吧。"

米艾眯着眼睛抬起头，望着台上光芒耀眼的周洛，听着人们的欢呼和赞美。

这样的他，真的很像遥远的星星呢……

"如果这世界上有两个你……一定是天使赠予的奇迹……"

"……"

歌声回荡在酒吧的每一个角落，米艾不停地喝着酒，想要麻痹自己的神经。可她却发现自己越喝越清醒，怎么回事？

最后一口酒喝完的时候，米艾看见杯底有一个亮闪闪的东西。

她歪着脑袋凑近玻璃杯，"嗯？这是——？"

"是我送给你的。"不知什么时候，金发男孩已经从台上走到了她面前。

下一秒，米艾看着他用镊子把杯底的钻戒夹起，她几乎停住了呼吸——金发男孩单膝跪地的一刹那，酒吧的音乐和嘈杂全都戛然而止。

灯光换上了柔和的风格，笼罩着两个美好的人儿。

这一刻，米艾的酒全醒了，她的声音里难掩颤抖："周洛，你这是做什么？"

他将钻戒举高，细碎的光芒散开千万道明朗，他深呼吸，终于可以将心底练习过无数次的那句话，亲口说给她听——

"米艾，嫁给我吧！"

这句话，米艾曾经在心底幻想了无数遍。却没想到真正听到的时候，却是此情此景。她不知道该如何去回应……

靳星："嫁给他！"

胡菲："嫁给他！"

靳凯歌："嫁给他！"

肖蕊："嫁给他！"

秦淮："嫁给他！"

人群中爆发出一致而热烈的呼喊，米艾看到了久违的淮姨，内心倍感亲切。但随即，她的眼睛直直望向周洛，嘴唇不住地颤抖。终于，她还是决定把话说清楚——

"周洛，你跟我来。"

米艾拉起周洛就开始狂奔，跑出酒吧，跑过长廊，沿着马路，一直跑了很远很远……

周洛叉着腰大喘气："呼……米艾你终于肯停下来了……"

米艾迎着他的目光，语气认真且诚恳："周洛，我有一件事要跟你说。"

周洛点点头："嗯，说吧，别说是一件，一百件一千件都可以。"

米艾沉默地低下了头，不敢看他的眼睛："周洛对不起……我其实并不是一个专情的人……"

周洛不解地反问："怎么这么说？"

"因为……"米艾选择诚实面对自己的心，"因为我好像同时爱上了两个人……"

周洛身形一凛，该不会——？

金发男孩不可置信地凝望着她，极力克制着内心的悸动。好像，她所说的那个答案，他已经隐约猜到了……

米艾继续着自己的陈述："周洛，我承认我很喜欢你……喜欢到想要和你一直一直都在一起……可是……我也无法忽视自己对周恪的感情……虽然周恪已经不在了，但我还是不能答应你的求婚，因为这对你不公平……"

"傻米艾……"金发男孩轻轻勾起唇角，一把将女孩拉进自己的怀里，"你的担心都是多余的。"

米艾不解。

男孩轻轻松开她，伸手解开自己上衣的纽扣。

米艾急忙捂住眼睛，又羞又急："说话就说话，你解扣子干什么啊？"

金发男孩温柔地笑了，轻轻拉过她挡住眼睛的手，指向自己胸口那处刚痊愈不久的伤疤："你看，这里就是周恪中枪的地方。"

米艾惊颤："你说什么？周恪中枪的地方怎么会在——"

周洛点头，肯定了她未说出口的那半句话："这是真的……他的伤口在就在我的身上。"

缓缓地，周洛补了一句："因为，我和他，其实是同一个人……"

米艾震惊到无以复加。

夜色浓重，路灯的光芒将两个人紧紧环绕，米艾再次确认："你说的是什么意思？"

周洛耐心解释："周恪，他是我的另一个人格……"

就在米艾不可置信的时候，她再次被拉进那个温暖的怀抱。

"米艾呀，你知道在我听到刚刚你说那些话的时候，我有多么开心吗，"他的笑容，胜过天边的星星，"周恪是另一个周洛，周洛也是另一个周恪。谢谢你，爱上了两个我。"

金发男孩缓缓松开她，两人微微分开些距离，他无限柔情地凝视着她的眼睛——

"周恪在消失之前让我告诉你一句话。他说：米艾，请记得我爱你……"

女孩的眼眶已经蓄满泪水，晶莹闪烁，虹光纷飞，她难过地望向远方，喃喃自语，"所以媒体报道的是真的？周恪他已经死了……"

"没有……"周洛轻握住米艾的手，缓缓按在自己的左胸口，"周恪他没有死……"

咚——咚——

心跳声强劲而有力。

周洛柔声细语地哄着米艾："他不会离开，他一直都在这里……"

"周恪……"米艾终于放弃了挣扎，痛快地哭出了声，眼泪一串一串掉落。

金发男孩手忙脚乱地替她擦拭："米艾、米艾，你别哭啊，我、我说错什么了吗？你告诉我哪里做得不好，我都可以改，只要你别哭……"

"还说我傻呢，我看你才是真的傻……"米艾哭着哭着就笑了，她一把从他手里拿过钻戒，举起自己的左手，认真地、郑重地把它套在自己的无名指上。

"我愿意嫁给你！"就在周洛不知所措的时候，米艾笑着踮起脚尖，一把抓紧他的领口，猛地用力。唇瓣上传来酥酥麻麻的触感。白兰地的香气弥漫开来。

男孩终于意识到了正在发生的事情，他伸出手臂，用力地抱紧怀中的女孩。缓缓地、温柔地，持续加深这个吻……

砰——

远处有烟花的声响，绽开漫天的柔光。一道一道，如流星划过天际。等待人们许下的愿望。

……

米艾："周洛……周恪……我这辈子做得最正确的决定，大概就是——爱上两个你。"

……

周洛："米艾，谢谢你！谢谢你温暖了两个我，谢谢你带我走出人格分裂的深渊！"

……

夜色温柔，两个相依偎的身影格外美好。

周洛轻抚着她的发丝，俯在她耳侧低语："这颗分裂的心，已经在我的体内和解，共生。米艾……这都要谢谢你。从今往后，我会用双倍的努力。连同周恪的那份一起，去爱你……"